U0152310

羅生門外竹叢中

林琵琶

自序

聽說科學家們正在研製夢的記錄儀，將來可以應用了。即是說，你睡覺時腦中的一切荒唐事，美夢、噩夢、綺夢……全如視頻般被攝錄下來，醒後隨時翻看，讓你哭，讓你笑，叫你驚駭。

其實夢境中的種種，做夢的人基本上是印象模糊，甚至全無記憶的。所謂錄下來的景象，究竟真是自己的夢境呢，還是電腦程式員的天馬行空？這一點，恐怕是無法證實的。

自己的夢，總要自己記錄下來才好。

但無聊到要把舊夢翻出來，可見是真的寂寞了。

活在被疫病折騰着的二零二零年，又有誰不寂寞呢。

躲進小樓，瘋子似的總想寫點甚麼，又翻箱倒篋的想要找出些甚麼。忙了半年，結果砌成這一小冊——三個剛完成的短篇小說，和多年前發表過的散文雜文。雜文因為遷就報刊的小方塊，往往點到即止。

幸而那些點，還不算是污水點。

龔自珍說自己的詩是珍珠字，要買盡千秋兒女心。但近來珍珠不及鑽石矜貴了，何況人的心是隨時而異的。

舊的文章，在旁人眼中，大約也只如一壺貯久了的開水。縱然是乾淨的，也不能再喝了。

把水向空中潑出去，在陽光下閃出連串晶亮的珠子。

但旁人恐怕還是要避開。

只有作者自己伸手去接

那一陣煙花雨。

林琵琶

庚子年秋九月 夜涼初透時節

目錄

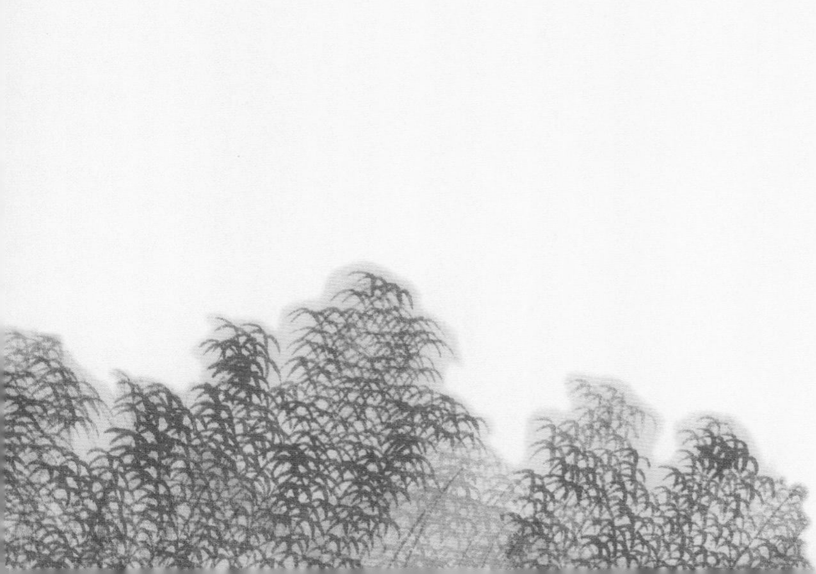

風流花一時（一九九五至一九九六年）

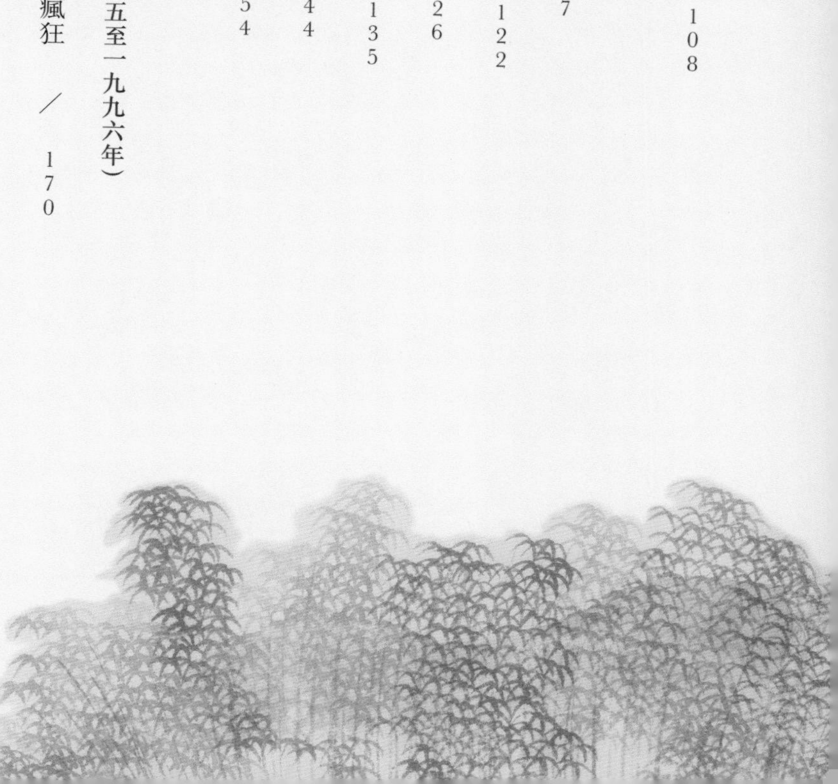

追夢者（二零二零年）

項聖謨《蘭花圖》

幽蘭露　如啼眼

詩人來到西湖，一個細雨霏微的晚上。

他多年前來過，通眉長爪的美玉郎，白袷青衫怯漾在春風裏。柳條上潑潑潑許多葉芽兒，初生小鴨子的嫩黃。桃枝剛蹦出了蓓蕾，催得滿城都是春的氣味。

這次到來，湖裏的蓮蓬卻開始老了，一顆顆心房，半萎了的，吊在梗莖上。像笛子吹出來的輓歌，一首又一首，浮滿一湖沒有盡頭的蒼涼。剝出的蓮子卻依舊是青葱的顏色，抓一把丟嘴裏，連着蓮芯，慢慢咬嚼。那種苦，滲進每一絲神經，苦進血液，苦出了眼淚。他卻固執地把那汁液嚥下去，百轉千回，總要嚼出一點兒甘甜，一點兒清涼。

有點怪，他近來的脾氣。總在喝得興高采烈的時候，談笑風生的時候，一下子身邊所有的人全都消失了，影子也沒有留下，氣味也沒有留下。真乾淨，白茫茫一片大地，只剩下手足無措的自己。

一定得找個地方，一座墳墓或蝸牛的小殼，整個人蹉縮進去，如同潛入母親的子宮，被溫潤地親密地保護着。

有一個墳，就在西湖邊。

他想來這裏很久了，在寧靜的晚上，獨自一個人。但總被這樣那樣的理由耽擱。

黑暗淹蝕了天空與湖水。木屐子咯咯清脆，詩歌的韻律，打在石子路上。燈籠晃又晃，照出腳前一寸兩寸，小窪窿積着的雨水，微微一點兒光亮。

那座六角亭子，亭內有個土墳，幽幽的。

他在亭外靜靜地站立了一會兒。然後走進去，放下燈籠，脱去雨笠輕揮兩下，地上濛濛一層水氣。

他伸出手，輕輕撫摸墓前的石碑。

「錢塘蘇小小之墓」。

靜靜佇立近三百年，冰冷如斯，寂默如斯。

和春天一起離去了，他的妻子也是。留也留不住，妻和這個蘇小小，以及那些妙麗的女郎。

他在欄杆上坐下來。雨慢慢停了，留下一層霧氣。夜空高杳，遙遙億萬里。有兩三點星光隱約，小小的，像妻怯媚的眸子，在芳香的枕上，散亂的鬢髮旁。

*　*　*

煙波幽冥，夜沉重如山。你為何要到這地方來？

因為安靜。只有這裏最安靜。

李賀（七九零—八一七）

（畫像陝西省圖書館藏，一九九零年劉衍著《李賀詩校箋證異》轉載）

字長吉。他一生寥落，只活了二十七年，是一位才高命短的浪漫詩人。人稱李白是仙才，李賀為鬼才。他的詩辭語尖新，思想詭奇，情深愁永卻又高古明潔，在唐代眾多詩人中別開一格。杜牧（八零三—八五二）對他的詩篇極度推崇：「雲煙綿聯，不足為其態也。水之迢迢，不足為其情也。春之盎盎，不足為其和也。秋之明潔，不足為其格也。風檣陣馬，不足為其勇也。瓦棺篆鼎，不足為其古也。時花美女，不足為其色也。荒國陊殿，梗莽邱隴，不足為其怨恨悲愁也。鯨吸鰲擲，牛鬼蛇神，不足為其虛荒誕幻也。」並讚美他的作品上溯離騷，「理雖不及，辭或過之。」

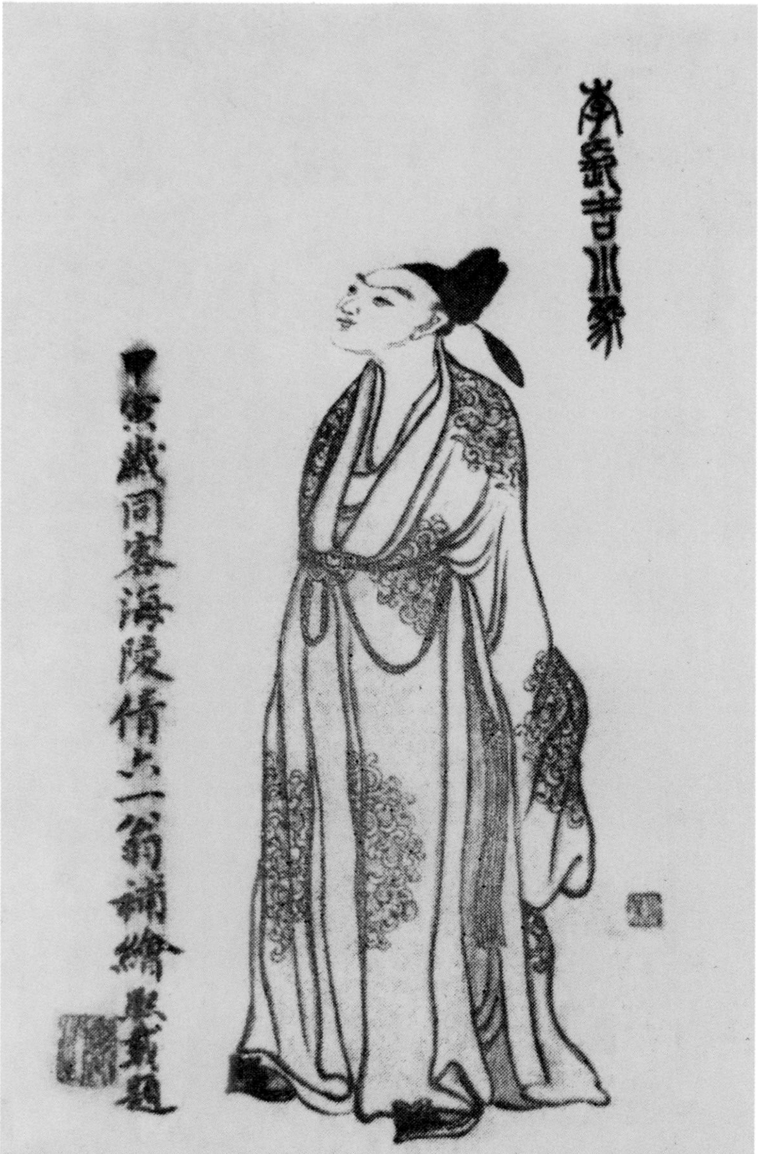
李長吉小象
甲寅歲同客海陵倩六一翁補繪

你來了，就不再安靜了。像月亮牽引着潮汐，風驚動了雲，波濤會湧起。最平凡的事物也不再平凡。石破天驚，逗翻秋雨，女媧悲泣的聲音，你一點都聽不到嗎？

我的手掌接不住神仙的眼淚。

憂如循環。十五歲開始名動京都，為何總是個不快樂的人。

我不知道誰是真正快樂的人。

應該有吧。譬如一直非常欣賞你的韓愈韓大人。

嗤一聲笑起來：韓大人父母早逝，自幼孤苦。三次失意科舉，最終考上進士第了，又連接三次博學宏詞科不第。此後雖幾度升遷，卻多次被貶。他文采晶燦，可比日月星辰，奈何總是遇上雷暴風霜的天氣，一次次要把他的光芒打壓下去。妳竟然覺得他快樂？

他並非比你更不快樂。

詩人沉默良久。也許吧。因為韓大人還有機會，而我，連一點機會也沒有。

他凝望着湖心，遠處隱約有一葉小舟，漾着小小的一點篝火。

對不起，這事我也聽到了。因尊翁名諱中有個「晉」字，嫉妒者故意挑事，說與進士的「進」字同音，為人子者應該避諱，所以不允許你應考進士第。韓大人雖為你撰寫了《諱辯》，仍無法遏止這種偏見。這真是最荒唐的藉口了。

早已注定了的，人的命運。他說，輕輕撫摸自己的左臂。妳知道嗎，我這兒有一塊胎記，胭脂色，上面幾圈綠綠藍藍的小點。一隻凍僵了的蝴蝶，跌在蒼寒的雪地。它將陪伴我一生，如同我的命運。

聰明才智也會陪伴你一生。

是麼？到我晚年，聰明才智一定銷磨盡了，留下的只有胎記。它能否變淡一些，褪去深藍，只餘下落霞之色？

到那一日，你的皮膚皺摺了，肌肉枯萎了，美不美還有甚麼關係。聰明才智卻是百煉之劍，熱淚裹淬磨過，碧血中灼煉過，年復一年，它會變得更為鋒利。以日增的才智去博弈速逝之光陰，不是非常有趣的事嗎？

哦？輕笑一聲：原來如此？算命先生告訴我不必擔憂晚年，看來我的晚年應該是平安喜樂，無憂無慮的。

湖面上突然一陣清嘩的水聲。他轉頭望去，深夜的湖面被潑了濃墨，山也昏黑，水也昏黑。

那是魚，你看不見。魚躍出了水面，又迅速掉頭潛進湖心裹去了。

牠跳出來作甚麼？牠想偷聽人們的說話嗎？

我不知道。我猜不透魚的心。也許牠只是想看一眼星星的顏色。

一條想看星星的魚……這些小東西總有令人驚詫的念頭。那年，我捉到一隻蝴蝶，一隻漂亮的大蝴蝶。牠癡癡地迷戀園中的牡丹花，纏綿在花心上不願離去。於是我很容易便把牠捉到了，夾進了書頁。過了好幾年，偶然翻出，那活潑潑的，已成了屍體，茫然大眼怔怔地，不明白自己的魂魄何時失去，如何失去。但牠的雙翅卻依舊明麗，翠艷流光，一點沒有褪色。原來讓生命在最絢艷的時刻迅速終結，是永久保存美麗的方法。

永遠的美麗……但蝴蝶也許不會明白甚麼是永遠吧，不在乎能不能夠永遠吧。也許牠只願與牡丹相戀，死，也要死在花心上，而不是在書頁裏。

他不再說話了。呆望着四周的陰黑，久久地。然後閉上眼，把頭擱倒在亭柱上。

微涼的夜。也不過是一條魚，浸在清寒的湖底。掠過鼻尖小小的蚊蟲，索索聲音半殘的葉子。還有雲的腳步，濕潤的雲，悄然在曠杳的夜空中滑行。

> 天河夜轉漂迴星。銀浦流雲學水聲……

他驟然張開了雙眼：把這兩句鋪展開來，不就是一首詩嗎！他整個人活過來了，肺葉盡情地打開又打開，深深吸吮晚風的清氣。

是桂花嗎？他小聲問，清香滌人心肺。

這是桂花的季節。在西湖，你閉上眼睛也能從風的香氣中分辨出時序。

他四處打量，想找尋桂樹的影子。他並不是對植物特別敏感的人，何況夜如深潭，淹濛了景物。

閉上眼睛也能從風的香氣中分辨出時序……

妳想過嗎，我們枉為萬物之靈，其實最是孤單無助。花木有屬於自己的季節，遇上不適合的時間，不喜歡的土壤，可以堅決拒絕生長。人卻不能夠——不能夠選擇在甚麼地方出生，在甚麼時候死去，不能夠挑選自己敬服的君王，不保證一生都享有太平盛世。而我們卻又如此敏感多情，為一點點溫馨，淹沒在無邊的憂慮裏。簡直是最可悲的生物了。

不是的。上天並不曾待薄我們，「天遣裁詩花作骨」，「筆補造化天無功」！正因為具有靈性，才造就了諸般美好。

詩人嘿嘿地笑起來。

妳不知道把自己抬到最高的人，全因為活得極度卑微的緣故嗎？讓我告訴妳吧：我，一個小小九品官，有個尊雅的官稱曰「奉禮郎」！但妳可知道那是甚麼樣的職務？祭祀的時候，我為朝臣們安排座次，擺設祭品，贊禮拜跪。巡行時我領着儀仗隊和吹鼓手，司儀奉禮。是啊，他們都得聽從我的指令，我高喊：「向左、向右！跪、起！」我拚盡全身的力量呼喊，確定每一個人都能夠聽到我的聲音。但我的聲音，真正的聲音，天聽到否？地聽到否？有人聽到了否？

有一次，我幾近瘋狂，真想當場大聲吟誦自己的詩句。他們就該聽，跪着聽，還得跟着我高聲唱誦，幾百人一起，把我的詩一句句送入雲霄，上達天庭。

該當如是！必須如是！那些貪腐的、諂媚的、結黨爭利的人，整個廣場的人，都該齊聲朗誦你的詩句！裂岸驚濤，四野迴響，把他們心中的污

華嵒（一六八二—一七五六）《蘇小小像》

（圖片來源：北京中鴻信二零一八年拍賣圖錄第零九零零號）

題句：「此元人所作南齊錢塘蘇小影也。嬌為愁鎔，悶因情重，形彩如生，燈前欲語。友人復強索再仿。在前人既以遜為未逮，僕之較前人又不啻幾何尋尺。不過依樣難工，空留類鴉之誚也。庚午（一七五零年）小春，新羅山人寫於解弢館。」

華嵒，字秋岳，號新羅山人、布衣生、離垢居士，福建人。家貧失學，自奮於繪事。流寓杭州，來往於杭州、揚州一帶，結識了金農、鄭板橋等畫家，又得當地的鹽商鉅子馬曰琯、馬曰璐兄弟所重，畫藝日進，聲名鵲起，是「揚州畫派」的代表人物之一。他所繪人物文秀雅麗，小鳥則生動活潑，使人如聞聽其婉轉清啼。其筆墨兼工帶寫，線條輕清宛約，敷色雅澹溫潤，畫面呈現簡約柔和的韻味。

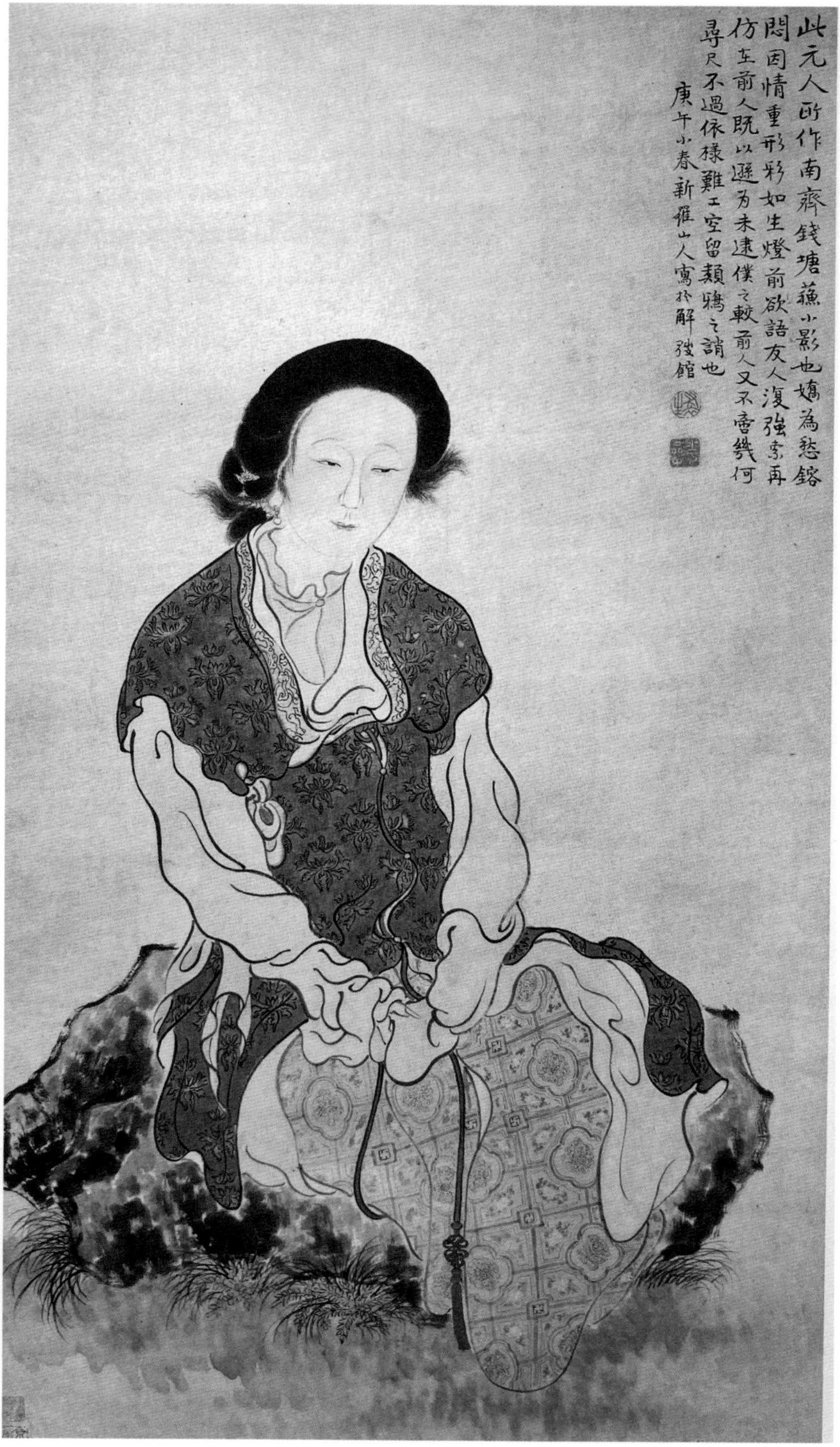
此元人所作南齋錢塘蘇小影也嫣為愁鎔
閱因情重形彩如生燈前欲語友人復強索再
仿左前人既以遜為未逮僕之較前人又不啻幾何
尋尺不過依樣難工空留類鶩之誚也
庚午小春新羅山人寫於解弢館

垢都清洗得乾乾淨淨：

「義和敲日玻璃聲，劫灰飛盡古今平！」

「角聲滿天秋色裏，塞上燕脂凝夜紫！」

詩人呆了一下，輕輕嘆息。

我明白為甚麼這麼多人迷上妳了。說說妳自己吧，美麗多才，萬千寵愛，妳一定比我快樂得多。

那不是我快樂的理由。但我確實快樂過。月色朦朧的春夜，在湖邊停下了油壁車。西泠橋下，柳蔭深處，遇見心愛的人。

結果留下的只有傷痛吧。

這是我一開始便準備接受的傷痛，一點也不意外。身處巨瀑之下，無情風萬里急捲而來，千丈激流飛馳直墮，沖擊着我，要摧毀我，我的身體，我的心，靈魂也將會被擊得粉碎。我只好緊閉雙眼，以十趾抓緊泥石，像樹的根幹，深深扎入大地。與風對抗、與急流對抗、與萬物對抗。那種絕望的血淚迸流的感覺，你試過嗎？

沒有。他悶聲說道。沒有，我大約只好順流而去。

我的一生，就像你臂上的胎記，一隻凍僵了的蝴蝶。也許有美麗的顏色，卻是多餘的，無用的。一個女子，無父母無恆產，才華不用於世而只能媚悅於人。浸沒在孤冷的冰潭中，日復一日，一顆心卻烈火般煎灼。苦嗎，累嗎，日子久了，漸漸也就沒有了感覺。

他轉頭望向亭外。四周飛漾着一點一點的螢火。微弱的光，短促的生命。

妳於是盼望能有一個人出現。妳以為自己終於等到了。

當時，天地間就只有這個人，在甜蜜中分嚥彼此的眼淚。相愛時的感覺和快樂是確實存在的。

難道一點也不後悔？也不覺得遺憾？

真心愛過怎會遺憾。有人認為他背棄盟誓是沒有道德，但若我為了一己之私而傷害了他的父母，毀掉他的前程，算不算高尚的德行呢。誰沒有一點淺薄庸俗，誰不會年老色衰。人世間最殘酷的，是天長地久。

詩人不禁苦笑。他想起了自己的妻子。她所有的美好在三個月前凝固成一塊水晶，在他的心中便永遠清潤透明。

天與地，可以多長久？

他撫着亭子的木柱，慕才亭。湖山此地曾埋玉。妳是幸運的吧，遇到一個懂得感恩的人。妳當時資助那青年赴考，只因為他的容貌酷似妳失去了的愛人麼？

其實他一點也不像我愛過的人。一個逐夢的困頓的書生。但柳蔭深處，西泠橋下，彼時彼刻，這個人出現了。我一時的善心，換來他高貴的悲憫。

是，他中榜後真的回來了。他準備為妳編織怎樣的故事呢？

我不知道。沒有故事才是最好的故事。他取得功名後再來尋訪，正是我物化之時。時間剛剛好。

時間剛剛好？

是啊，我不必接受他的感恩或者憐憫。兩性間最純淨的情誼，如清風，如朗月，不沾半點塵俗。

詩人轉頭望向亭外。月亮不知甚麼時候出來了，一個小小的銀鉤。

他是個高尚的人。或者，是妳的早逝使他成為一個高尚的人。

是他成全了我，為我營造了陵墓，建這座六角亭子。沒有他，我只是西湖萬千卑微女子中的一個。一朵荷花，再美也不過是一朵荷花，熬不過漫漫長夏。

一朵荷花……妳大約想不到自己會成為流傳千古的人物吧。

其實只不過是一個傳說，碰巧發生在湖光山色之間，雖然淒美，卻無意義。而且年月久遠，被人添加了許多枝葉，漸漸連我自己都不確定我那短暫的一生，究竟是不是傳說中那樣婉膩了。但你不同，以滄海之深博，皓月之高格，把古艷悲愁盡埋於邱壟蒼苔之中，荒誕虛幻寄託在鬼神草木之內。你才是個傳奇，你才是真正的千古風流人物。

他怔怔地望着湖水，月亮在水面上泛出一層淺淡的光影。

你為何還是如此憂傷？我的話依然不能夠令你振作一點？人們喜歡的不正是我的憂傷嗎！我的愁苦給他們帶來高雅的樂趣。我的詩可以很好，但不可以比他們好。我可以很出名，但不允許比他們更出名。我殫精竭慮，嘔心瀝血，到頭來只似一個優伶！我和妳，和西湖上所有卑微的女子，一點兒分別也沒有！

這是荒唐的！不可如此！請千萬不要如此！你如仙露，如初陽，令最平庸的事物都有了新鮮的生命。這夜空裏億萬顆星星，只有極少數能夠永恆。而人們總能從中找到你。

淚水盈上詩人的雙目。

妳要走了嗎？

我的油壁小車就在柳蔭下，你可看見？我要走了。因為你的到來，這個平凡的夜晚成了一段美好的回憶。也許你願意為我花小小心思？黯然銷魂，一點點幽玄，一點點迷幻，融進你的心中血中，潛藏在你的靈性裏。

濕霧突然在西湖水面上泛起來了，迅速淹沒了遠山，封住了湖水。四周全是一片灰濛，連半尺之遙的樹木都看不見了。

奇異的芳香卻向他飄漾過來，那不是桂花的香，也不是任何香草。那是令他心傷腸斷的香氣，他悲傷得只想死去。那也是令他軟弱的香氣，他軟弱得禁不住垂淚。

然後他聽見車輪緩緩移動的聲音，逐漸沉寂。他伏在亭柱上許久許久，全身沒了力氣。

燈籠裏的蠟燭早已熄滅了，天邊也露出了薄薄的晨曦。

第二天，一首新詩在西湖邊傳開了，次日傳遍整個杭州城，然後迅速震動了京師。

當然，也驚艷了千古：

幽蘭露　如啼眼
無物結同心　煙花不堪剪
草如茵　松如蓋
風為裳　水為珮
油壁車　夕相待
冷翠燭　勞光彩
西泠下　風吹雨

二零二零年八月

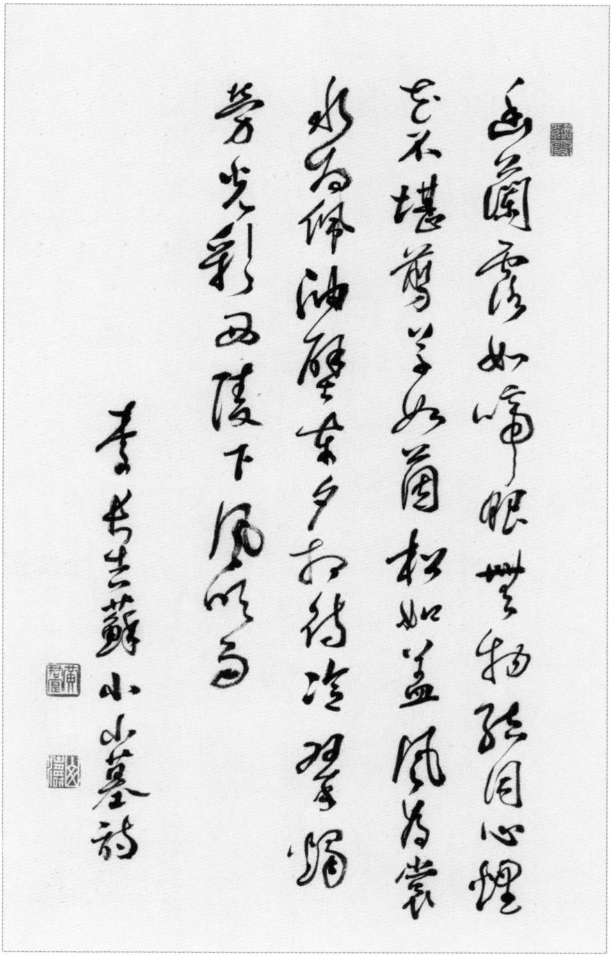

黃君實（一九三四年生）

草書《李長吉蘇小小墓詩》（私人藏）

黃君實，字山濤，廣東台山人。當代中國書畫鑑定家、收藏家、書法家、文史學者。

羅生門外竹籔中

那天，竹籔裏，在我丈夫眼皮底下，這強盜強姦了我。

我們是在羅生門附近遇見這個強盜的。那時候當然不知道他是強盜。

我騎着白馬，牠高大神駿，身上沒有一絲雜毛，驕矜的神情帶點睥睨一世的傲氣。我於是以清新來襯配牠的素淨：磁青衣裙，織着銀絲細縷水雲紋，靛藍莓紅嫩茶三色花，裙下一截藤黃窄褲白襪子。披肩則是高貴的粉紫，繡一隻翶翔的白鶴，牠翹首仰望雲端，展開了翅膀。

精緻的服飾配上白馬錦鞍，使我整個人綻發出清艷的光采。

苧麻面紗從笠帽的邊沿垂下，遮掩我妝容精緻的面容。

丈夫騎着栗色高馬在前面緩緩而行。他的妹妹過兩天要出閣了，我們順便回去探望家人，要在祖屋住上三幾天。

微風溫暖，初夏，草木有清氣。

「你們在前頭先行。」丈夫吩咐袱着重物隨行的兩個僕從，「我和夫人慢慢溜馬過去，也很快會到。」

老家的鄉鎮，只須翻過這個小山丘，是每年都要往來好幾次的熟路。駿馬上是丈夫傲煥英武的風姿，腰間插一把精緻的大刀。看見過他出刀的人都要吃驚，人們只聽見卡一下利刃出鞘的聲音，又是卡一聲刀已入鞘，然後在他前面的泥地上便血淋淋地躺着一隻身首異處的獸。這一帶能夠看清楚他怎樣揮刀的人，恐怕是沒有的。

清靜的郊野，只有我們兩匹健馬的蹄聲。山坡上潑滿生機勃勃的青綠。我想起剛經過的西京南門。那邊的陽光，應該也是明媚的吧。但嗆濁的灰塵似乎還梗在我的咽喉，周邊仍隱約飄浮着那種腐朽的死亡的氣味。

西京的南門，就是被稱作羅生門的那座宏偉建築。四根大門柱，每根一棵數人合抱的雲杉大木，堅定地豎立着，巍巍頂往穹蒼去。

那樣堅決地展示着誓不與歲月同朽的頑強，像個頹暮的勇士，透着悲憤與蒼涼。

很久很久以前，這裏迎送過大君，華麗的馬車隆隆輾過，儀仗隊的樂聲宏壯，沸騰着熱鬧莊嚴的日與夜。各地前來京城的人，遙遙望見這座大門，全都被它的神聖震懾住了，老人女子和小孩甚至俯伏在地上膜拜。拒絕跪拜的狂徒亦惴惴，妄野的心即時惶恐，卑微且虔敬地垂下頭，才敢舉步踏進門內。

但它現在是令人心碎地殘破。木門上的金漆早已剝落了，簷頭的雕刻也被流浪漢挖去變賣，有些恐怕成了他們取暖的薪火。本來嵌放雕刻的地方便留下一個個洞孔，像被剝光牙齒的嘴巴，可憐地向路人張開着。

「這地方有點可怕呀。」我說。

「唔。」

這是丈夫的反應。

丈夫是個雍容俊雅的貴公子，二十四歲，我們結婚三年。他非常寵愛我，完全知道我的心思。我想要甚麼，譬如一匹漂亮的馬，也不必開口就可以得到。

前年冬天，我們新婚後才幾個月，天氣驟然變冷，我患了很嚴重的感冒。咳嗽，高燒不退。

「把我的床褥移往裏間去吧。」我吩咐清子。「拉上紙障子，別過了病氣，且又咳嗽，吵得他整夜沒好睡。」

清子答應着，用溫水浸毛巾給我洗臉，擦手，把一切弄妥當，扶我躺下蓋好被子。「過一會我再來，晚上還得再吃一次藥。」清子是我娘家帶來的使女，比我少一歲。

我昏昏沉沉地睡了。吵醒我的是清子的聲音，在外面的房間。雖然盡量壓在喉頭，又隔着門障，但那確實是清子。

「不要，主人，請你不要……」她帶着哭泣的聲音掙扎着。

一剎間我頭疼難忍。

我想爬起來，但沒有力氣。我想大聲呼叫清子，但不確定是否應該發聲。就這麼小片刻的猶疑，我已聽到丈夫喉間的哼哼，和得意的輕笑。

我閉上了眼。

清子進來給我送藥的時候，頭一直低着，彷彿要把它縮進脖子裏去。

「清子，妳過來。」我說。她怯怯地挪近。

我撫着她的手。「妳不是說春天要結婚嗎。等我病好了，妳就回去籌備吧。」

她抬起頭來，一臉驚恐：「夫人，妳不要我了？」

「我是為妳好。我給妳一筆錢，妳和太郎好好地過日子吧。」

清子瞪大眼睛。「夫人。」她嗚咽，然後伏在榻榻米上低聲哭了起來。

丈夫仍然和從前一樣寵愛着我。總會過去的，我想。我會盡快把這事忘記。

我是這樣深深地愛戀着他。

「少爺，這位少爺！」有人突然高聲叫道。這聲音把我的回憶打斷了。丈夫拉住了馬韁。

有匹馬從後面飛奔過來，那是一匹乾瘦的有點年歲的灰馬，但牠顯然長期習慣了山路，跑得輕鬆矯捷。牠一下子衝到丈夫前頭，才被馬上的人勒韁回轉。

「我認識你嗎？」丈夫冷冷地說。

「噢，不，不。」這人的聲音非常悅耳，聽起來也相當年輕。我透過面紗看見他挺得筆直的身軀，應該比丈夫還要高出大半個頭，肩膀寬闊。他穿着深黑色的布衣。

「有事嗎？」

「是這樣的，少爺，你要往南邊去吧？我正好要往福之鄉去。這路僻靜，大家作個伴，少爺不介意吧？這位是夫人？」他轉過身來向我躬身行禮：「希望夫人也不會介意。」

路旁的樹葉突然響起一陣沙沙聲，我的面紗一下子被疾風掀開了。但風很快過去，面紗又悠悠垂落。

就在那短短的一瞬，只一瞬，他看見了我。不，是我看見了他。

他本來說着話的嘴唇一下子不動了，像被神仙棒定住了一樣。但他迅速回過神來，轉身絮絮地回答丈夫的問話。

他的眸子，黑亮的寶石般晶燦的眸子，就在剛才的一剎那燒成炭火，撲過來，向我撲來，灼痛了我。

我們的坐騎又開始緩緩前行。

兩個男人在前面交談。我聽不清他們在說甚麼，也不想聽。

坐在馬上，一搖一搖的。像心中有個小盒子，本來蓋得嚴嚴密密的，搖着搖着，把盒蓋也搖脱了。盒子裏封存着的事物便一件一件晃跌出來，梗着心房，隱隱的炙燙。

* * *

一連下了好幾場大雪，那個冬日。

丈夫在指導惠子沏茶。惠子是丈夫新僱來的侍女，十六歲。家中的侍女越來越多，現在一共有八個了。

丈夫溫言軟語教導着惠子。

「左手托着茶碗，右手拿茶筅，輕輕把茶粉在水中混勻，千萬不可濺出碗外。」他說，「呶，這樣子，慢慢的，別抖。」他伸出手去，蓋在她的指頭上，帶她轉動茶筅。

女孩的臉一下子燒紅了。

真有趣。我想。甚麼時候可以喝茶呢。

雪好像停了。我看見男僕匆匆地穿過庭院。

「少爺，」他說：「外頭有個鄉巴老頭，說有件家傳的寶貝，要請教少爺。」

「甚麼鄉巴老頭，」他慢吞吞地說：「叫他外頭等着。」

「少爺，老人說住得遠，想傍晚前趕回家去。」

丈夫皺起眉頭：「甚麼傳家寶！誰告訴他到這裏來的？」

「說是服侍過太夫人的阿若婆婆。」

「阿若婆婆？」丈夫抬起頭來：「叫他進來吧。」

那是個五十開外的老人，一身乾淨的粗布舊衣裳，在茶室外的石板上恭敬地彎着身子。

丈夫非常客氣：「你認識阿若婆婆？」

「她是我大姨婆，少爺。」

丈夫點頭：「她身子骨還好？快九十歲了吧？」

「九十一了，走路不大方便，說不能親自來給少爺請安，對不起少爺。」

男僕把他帶來的包袱打開，那是一套書，大約四五本的樣子，套在藍色的布函裏。

我看到丈夫眼中毫芒一閃，又迅速逝去。

他打開封函，一本一本地翻看。內頁全是又薄又亮的皮紙，老舊的棕黃色，上面密麻麻的墨筆漢字。

「有點積水的印子呢。」

「是。」老人非常惶恐。「去年冬天大雪，屋頂壓破了，漏了水。但只是函套和上頭的一本有點水印子，裏面全是乾淨的，少爺。」

「真是你家傳的嗎？」

「確實是我祖母的嫁妝，說是值錢的，在祖母家中也傳了幾代了。少爺要查也是可以的。」

「唔。」丈夫說：「是套古書。但積了水，損了價錢了。你想怎樣呢？」

老人的頭垂得更低了：「是這樣的，少爺。實在是，兒子病重了，實在是，要醫治，沒辦法了，少爺。」

「你想出讓嗎？」

「是的。少爺。」

「心裏有個價嗎？」

「實在是，不知道。少爺。」

「這書呢，」丈夫漫聲說道：「大約四五千文的樣子。但你來回地跑，又給兒子治病，我多給你兩千吧。七千文有一兩多金子了。」

老人噗一聲跪倒，叩下頭去：「多謝少爺！多謝慈悲的少爺！」

「麻煩你，」我說：「順便替少爺送五百文去給阿若婆婆。說少爺向她問好，常惦念着她。」

男僕往賬房取了錢，點算清楚，要送老人出去。

「你留下來。」我對男僕說，吩咐惠子去送老人。

「你認識這老人家嗎？」我問男僕。

「不認識，夫人。他自己走到前門來的。」

「好。我不許任何人去打擾他，誰都不可以！我絕不會寬恕的！可聽清楚了？」我聲音冷峻：「你先往爐子裏加炭，鐵壺也得添點水。」

一直等到惠子回轉茶室，估計老人已經走遠了，我才對男僕說：「另外賞你二百文，你往賬房領取去吧。」

丈夫看着我：「外頭一碗鰻魚飯十五文，妳倒是大方得很。」

「防着他們向老人榨取呢。」我說：「這書真值一兩金子麼？」

「這是中原王朝的古抄本，抄寫人是當時有名的儒生，極罕有的墨寶，少說也值二十多両！妳懂甚麼，我撿了大便宜了！」

我看着眉飛色舞的丈夫，張了張嘴，又再合上。

四月初，天氣和暖起來。我聽到蜜蜂在花圃裏的聲音，蝴蝶的影子有時會在窗外飛過。

「櫻花開了。」丈夫說：「佐藤夫人邀我們往八幡市的別墅賞花去。妳一直想去參觀那園子，而且佐藤大人近日在東京，我們可以少些規矩。」獲邀的還有小川夫人，個子嬌小，容顏娟麗。「小川先生也陪同大人往東京去了。」佐藤夫人笑着，美麗的紅唇彎起：「金澤少爺，你今天可是唯一的啊。」

丈夫笑：「好看的鳳鳥，一隻已經足夠。」

那確實是非常美麗的花園，燦爛的櫻林從松樹後透出誘人的顏色。我貪婪地吸着清甜的空氣。我們一直步往湖邊，侍從們已在木台上擺好了茶酒小點。但我不想只坐在亭子裏。

「金澤夫人第一次來，是該再多走走。」佐藤夫人笑道，「我們陪妳吧。」

我連忙告罪，說一個人走走很妥當。「那真是太失禮了！」夫人說，

垂櫻

指派一名侍女跟隨着我。

山坡上滿滿都是櫻花：山櫻、鬱金櫻、八重櫻……垂櫻的花枝在半空飄拂。我在花間徘徊了許久，才回轉身慢慢走下斜坡。

亭子就在斜坡下不遠處。但我忽然停下了腳步。我靜靜地站立，站了很久。然後轉過身，再次走進茂密的櫻花叢裏。

微風，如輕絲般掠過，捲落許多櫻花瓣。薄命的花，很快開始凋謝了吧。

如果你的丈夫喜歡很多女人，證明他是個正常而健康的男人。如果許多女人喜歡你的丈夫，你更應該高興，因為你嫁了一個優秀的男人。

那是出嫁前母親對我說的話。母親叮囑我不要忘記。

我們在黃昏前告別。優雅的佐藤夫人一直送到門前。

丈夫的靴子發出輕快的清亮的聲音。我跟在他背後向馬車走去。

「你脖子後面有個紅色唇印。」我低聲說。

他一剎間停住了腳步，伸手去擦摸，然後把手指舉到眼前察看。

「我騙你的。」

他迅速轉過身來，眼睛像火一樣。

我一點也不害怕。

「我看到了，你和她們，我確實看到了。」我在「她們」兩個字上加重了語氣。

我們又向前走去。

他緊緊地閉着嘴，好一會兒，才說：「妳最好別管這些事。這不是妳該管的。」

車輪旁邊有一塊石頭，我彎腰拾起。那是手掌大小的一塊英石。

「我只不過給你提個醒。」我說。「佐藤，小川。你當然知道這兩個姓氏代表了甚麼。我是不該管，但有些人一定會管。」

丈夫扭過頭去。

「而且，」我的聲音幾乎是一塊冰：「你大約忘記了，我先祖曾是真田大人的十大侍衛。」

他一隻腳已踏上車板，倏地整個人轉過來盯着我。

我微微一笑，向他攤開了手掌。

一堆碎石粉從我掌心簌簌跌落。

* * *

我的馬又停下來了。

我發覺自己在山坡上，一個茂密的竹林外。前面幾乎沒有路，竹叢間勉強有一點兒空隙，也得小心地一步一步走，馬是絕對無法走得進去的。

「這不是去祖家的路呀。」我說。

「妳在這裏等一下好了。」丈夫說。

「我們很快出來。」那個男人，就是一直與我們同行的那個男人，好心地安慰我：「有事叫一聲，我們聽得見。」

丈夫下了馬，跟在男人後面，用手撥開垂下來的竹枝和葉子，走進了密林。

我完全沒有留意他們剛才的談話，不知道他們為甚麼要走進竹林裏。但丈夫是個不容易改變心意的人，無論這林子裏有甚麼，對丈夫而言，一定是非常重要的。

我拿出手帕，輕輕拭印額前的汗水。

但過了不久，那男子卻手忙腳亂地跑了出來，臉色有點蒼白：「夫人！夫人！」也許因為驚慌，他語氣促喘：「少爺暈倒了！」

我吃了一驚：「怎麼啦？」

丈夫身體一向健康，平時連咳嗽頭昏這些小毛病也是沒有的。

「我們剛穿過竹林，他突然説頭疼得厲害，一下子跪在地上，跟着倒下來不省人事了。我不知該怎麼辦，應該請夫人妳先看看吧，我真不敢自己拿主意。」

我忙下馬，心卜卜亂跳。我沒有應付任何突發事情的經驗。

「這路不大好走。」他說：「我扶一下吧。」

他拉着我的手鑽進竹林裏。我想我應該掙脱這手掌，從來沒接觸過這樣令我害怕的手掌。但我得趕快去看倒在泥地上的丈夫，於是任由他拖着我在亂叢中飛奔。風掠過我的臉，一陣熱氣，一陣陰涼。

我被拖拉着穿過竹林，走進一個茂密的杉木林子。然後，我高聲驚叫起來。

「你要幹甚麼？」我叫道：「是你把我的丈夫捆綁起來的嗎？」

他看着我微笑，斜挑一邊嘴角。

「你，你這流氓！為甚麼帶他到這個地方來？」

「哦，」他笑道：「我告訴他，我在那邊山上發現了一座古墓，掘出一批鏡子和大刀。我把這些東西都埋在林子裏，如果有人想要，可以廉價出售。」

「你這個惡魔！」我怒極：「你把他騙到這裏，劫他的財寶！」

強盜聳了聳肩膀：「別人心中有貪念，那可不是我的錯。」

我看見丈夫的刀還掛在身上，並沒有出鞘。

這傢伙非常聰明。「他沒有機會拔刀。」他笑道：「我告訴他寶物埋在大樹下，他便急不及待趕過去，跪下來察看，我只不過用自己的刀背在他頭上狠狠敲了一下。你看，我並不想殺死他。」

我指着地上的包裹：「你已搜出他的財物，放了他，這些全都歸你。」

「那可不夠。」

我把腰帶裏的兩個小包掏出來，說：「全都在這裏了！現在請你離開我們吧。」

「還不夠，還不夠。」他一手扯脫了我的笠帽，大力把我圈到胸前。他圈得那樣緊，身上的汗氣嗆得我不敢呼吸：「剛才，在羅生門附近，我看見你們經過。妳騎在馬上，像仙女那樣，不，比仙女更漂亮神氣。我想這男女身上不知有多少財寶！便一直吊在你們後面。但後來，後來……風吹起妳的面紗，我看見的不是仙女，是來超渡我的菩薩。」他看着我，看着我，眼睛透出一陣陣痛楚：「妳就是常常出現在我夢中的菩薩哪！這些年來，我總是夢見妳，許多許多次了！其實只是為了妳。我在別人身上也可以得到財寶，但妳是來救我的，來救我的！我沒辦法。妳一定聽到過我的哭泣吧？妳知道這些年我活得多麼辛苦嗎！我是地獄裏的人，妳答應過我的，每次在夢中妳都安慰我。我的心、我的心……只有妳能拯救我。求妳，求妳，別讓我死去吧！」

我完全被他的話驚呆了。這算是求愛的話？是一個男人對女人說的話？這個人瘋了，我得立刻推開他。

我於是反抗着，拚命地反抗着。

但這個強盜卻比我想像中還要強壯得多。他抓緊我的後頸，扳過我的臉，一定要我對正他的眼睛，圓大的焦灼的眼睛，屬於發了狂的野狼。

「別害怕。」他啞聲說。「無論如何，女菩薩，請妳救我！一定要救我！求妳了！救我一次，好嗎？」

我害怕得顫抖，卻無法閉眼。那張被烈火烤灼着的臉在我眼前不斷放大，撲過來，漆黑的眉毛和翹起的嘴角。一球碩大的花蕾，妖異的顏色，突然爆開了，噴出濃濃的毒霧，好大好大的一朵花，罌粟花，噗一聲蓋在我臉上。

我一陣昏眩。

我的丈夫，現在正結結實實地被捆綁在旁邊的一株杉樹上。

是了，我的夫君，你看到我的臉嗎？那是你從沒看見過的臉吧，你不知道我是想哭還是想笑。你一定不會明白，其實，我自己也不明白。

整整三年了。一個又一個女人，有我知道的，一定還有我不知道的。我忍過前年，忍過去年，忍過春天和夏天。直到最近我才終於想通了。我的目光開始溜過旁邊的每一個男人，像狐狸搜尋着獵物。但他們總是令我失望。原來這世上大多數的男人都是粗鄙的，猥瑣的。我絕不能為這些蠢物貶低自己。

但今天，此刻，我只想殺死這個強盜。

我喉間咽哽，用盡全身的力氣要捏死他，像捏碎一塊英石。我撕扯他的皮肉，長指甲在他臉上和身上抓出一條條血痕。火山在爆發，大地斷裂，鬼神也驚駭。我愛嗎，我恨嗎，我快樂嗎，我悲傷嗎……。淚流滿了我的臉，我大聲哭着，叫着，笑着。我想我大約是瘋了。

夫君，你看見過這樣的我嗎？你是否恨得連牙齦都要快咬斷了呢。

然後我躺在泥地上，張開了四肢。森林裏的大樹很高很高，高得一直攀向天庭。從枝葉之間我看見了陽光。

我皎潔的身體沒有一點瑕疵，冰雪一般乾淨，坦然地迎向太陽，炯炯的太陽。每一個細胞，我全身的細胞，都在貪婪地吸吮着上天賜給我的一切。鳥在掃啄自己身上的羽毛，蜜蜂在私語，新筍剛剛衝破了泥土。花的香氣，腐葉的氣味。大地以它的潮濕溫潤我，我融進了山間的寧靜。

那男人跪在旁邊，靜靜地望着我。然後他從我的衣物中找出一方手帕，拭去我臉上的淚，全身的汗水。他的動作非常溫柔，溫柔得幾乎虔誠。然後替我把衣裙一件件拉好，扶我坐起，用手指梳理我的頭髮，整理我的腰帶。

我抬起頭來看着他。

也許我是他的菩薩吧。也許他是我的救主吧。

我的丈夫，那瀟灑風流的貴公子，此刻近在咫尺，嘴巴被塞滿了臭泥和爛葉，眼睛像火一樣要把我燒死，燒成炭，燒成灰，扔進大海裏。

「妳跟我走吧。」強盜說。

「不。」

「妳還要跟丈夫回去嗎？」強盜非常驚訝。

「不。」

「請你往那邊去。」我說。「我要和丈夫說幾句話。」

我站起來走到丈夫面前。丈夫的恨意擺在臉上，卻有點驚慌，完全不知道我要做甚麼。

他腰間掛着大刀。我的眼睛盯着他的眼睛，慢慢伸手抓向刀柄。丈夫的身子猛烈地抖了一下。

我輕輕笑了，放開刀柄，翻出他大衣裏的一個暗袋，取出一把刀子。那是他心愛的刀，尺來長的非常鋒利的刀子，用美麗的鹿皮套着。我拿在手裏，抛高，接回來，又抛高，再接回來，然後用來輕拍他的臉。

他的驚恐是無法掩飾的。他從喉間發出的聲音是那樣可笑又可憐。

「你的金銀財寶還不夠嗎？」我輕聲說，「貪！一直貪！許多許多女人，許多許多財富。現在終於夠了吧？」

我把嘴唇貼到他耳邊。「你沒有閉上眼睛，是嗎？你竟然沒有閉上眼睛！」我伸手探進他衣服內，又迅速抽回，怒道：「你⋯⋯真噁心！」我恨恨地在他的耳垂上咬了一下。他嗚嗚地哀叫起來了。

我把嘴角的血絲抹在他的衣襟上。「你是知道的，」我說，「如果我不願意，他真能夠拗得過我嗎？」我哈哈一笑，直起了身子。

「這刀子歸我了。」我說，把刀套扣緊在腰間，抄起裙子的長襬，也塞進腰帶裏。

「妳要做甚麼？妳往哪裏去？」強盜回過來，連聲追問。

我拾起跌在泥地上的帽笠戴上，苧麻面紗掩蓋了我的容顏。

「嫁給我吧，我會和妳結婚，全心全意對妳，好好照顧妳。」強盜急切地說着。

我掀起了面紗，側過頭來睨看他，也斜睨着綑在杉樹上的人。一個是恣意玷辱女子的男人，一個是背叛妻子、睜眼看着妻子在自己的眼皮下被玷辱而竟然興奮不禁的男人。

得意的笑容飄上了我的嘴角。這大約是我一生中最美麗的瞬間，我要他們永遠記得我。我要他們永遠忘不了我修長的眉，姣媚的眼波，我含嗔似笑的神情，妖柔的身姿。

我要他們咬着牙齒思念我，捏痛自己的心房苦苦憶想我，我的美，我的好，我的野，和我的狠。

我慢慢放下面紗，它像一層薄霧，把我和他們分隔開來，和這兩個男人都分隔開來。

「我不知你會怎樣處置他。」我說：「從今以後，他不再是我的丈夫了，他和我一點關係也沒有了。但我不許你淩辱他，不能讓他捆綁在林中死去。」我折下身旁一小段枯樹枝，手指一彈，枯枝向丈夫飛去，他綑在胸臂間的繩子巧妙地被削薄了一半，但他還得花一點點時間和力氣才可脫身。

「你，你！」強盜驚呼起來。

我輕聲一笑，「英勇如你，一定知道該怎麼做吧。」

我拂去身上的枯葉和泥土，像仙鶴一樣，獨自向林外飛奔而去。

你問我現在過得怎樣嗎?哈，你一定想不到。

我騎着駿馬，走過整個日本海岸，穿梭在荒山野徑之中，有時會藏身巨石之後，或掩蔽在野蔓林木裏。

我，替天行道。

我是一個女強盜。

二零二零年十月

李衎（十三世紀至十四世紀初）
《清風高節圖》（局部）
（一三一七年作）（私人藏）

李衎，字士弘，號箕嶠，太原人。生卒年不詳，元代前期的書畫家。歷任集賢侍讀學士、臨江路總管、兩浙鹽運使等職。

李衎以書畫馳譽。書法可與同時期的趙孟頫（一二五四—一三二二）和鮮于樞（一二四六—一三零二）爭雄，趙孟頫稱讚他「氣稟全晉之豪，風流東晉之高。落筆雲煙，吐辭波濤。」繪畫則以墨竹知名，黃公望（一二六九—一三五四？）說他愛竹成癖，「落筆滿林煙雨新」。但傳世的作品極少，最著名的書跡是在陸柬之所書《文賦》卷後的題跋。

我也是一個戰犯

他們以為我是個廢物，我的兩個兒子，他們的老婆，和這老街上的人，相識了幾十年的人，全都視我為廢物吧。

但，確實，我難道不是一個徹頭徹尾的廢物嗎。

我想念良子，想吃她燒的鰻魚飯，那是世界上最好吃的鰻魚飯。我記得她的微笑，她的目光，和暖的，像冬日下午的太陽。她替我揉背的時候，溫柔地把臉貼在我的脊背上。

但良子不在了。

我思念良子，晚間，用被子蓋着臉，輕輕啜泣着。

我也思念俊，望月俊。他冷嗎？在異鄉的土地上，悽清的夜，他怎樣忍受陰冷和寂寞呢。

我常常夢見俊，卻從來沒有夢見過良子。我覺得不可思議。夢裏見到的總是俊，我們一起回到那些恐怖的地方。然後我會渾身冒汗地驚醒過來，悲哀地叫着：「良子！良子！」

＊　＊　＊

望月俊，如同他的名字一樣，是個靜夜裏仰望着月亮的俊美少年。

夏目家吳服店與望月家古書店，都是東京著名的老店。我家的店在街頭，望月古書店在街尾，相隔也不過十來間店舖。兩家人若對站在門口搖搖手，彼此都看得見。俊和父母的居宅就在書店樓上，我們家卻另有一幢獨立的房子，也不遠，走路不過十分鐘的樣子。

清晨，母親總會陪着我站在玄關外，等待順路經過的俊和他的爸爸。望月先生是個嚴肅的人，那極少笑容的臉令我不安。但他每天都會親自把俊送過來，讓我們結伴回學校去。我們向他躬身道別的時候，先生便會對我和母親笑笑，對兒子笑笑。於是他的臉一下子亮了起來，映照着和暖的晨光。

我拉着俊的手高高興興往學校的方向走去。

「膝蓋還疼嗎？」俊的左膝貼着大膠布。

俊搖頭。「你說，」他低聲道，「為甚麼要我們這樣打架？」

「佐藤先生說因為我們最優秀，要訓練我們成為最堅強的可以征服世界的人！」

「征服世界啊。」他說，用鞋尖踏着路邊的小石子。

那一年，我們還在小學，九歲，我比俊大三個月。

學校裏功課很多，但體能的訓練更多，每天都有體育課。跑步是必需的，另外翻滾、跳高、倒立行走，冬天要游泳，赤腳在雪地上奔跑，舉起木製大長刀向對手砍過去，張開喉嚨勇猛地喊：「嗨！」

我喜歡跑，長跑，跑幾個大圈子，大家全都累了我卻一點也不累。我也喜歡倒立行走，兩隻手掌在沙石上交替撐着向前奔去，拚命要越過前面每一個小孩。瘦長的俊則是班上跳得最高的人，快跑十來步，然後雙腿一曲向上彈起，燕子般輕輕巧巧飛過了竹竿。

俊從小便被父親嚴厲地督促着：古詩要背熟，日文漢文都要寫得好。到我們入讀高中時，他的漢文已很流利了。老師高興地誇讚：「望月君，你將來一定會被派往東北去當長官。大日本國最需要你這樣的人才了。」

我家有個精緻的庭院，夏天的晚上，我和俊喜歡在那兒乘涼。有一次，颱風剛過，天上滿滿都是星星，遠處小小一彎月牙兒。俊忽然唸了一串詩。

「甚麼？」

他又唸了一遍。

「不懂。甚麼意思？」

「在天上，我願和你是形影相隨的小鳥。在地下，我與你是同根交纏的樹枝。」

「哦。」我看着他笑：「是寫給班上的淳子嗎？」

「才不是！淳子她怎會聽得懂！那是唐朝一個大詩人寫的詩，唐朝你可記得？」

「上學期老師說過鑒真大和尚。」

「就是鑒真大和尚來到日本之後不久的事吧。大唐皇帝和他最寵愛的妃子在星夜盟誓，兩個人不離不棄。但後來遇到危難，皇帝為了保住皇權，還是把她絞死了。」

「用詩來寫故事，真了不起！」我說：「但是，阿俊，那可算不得甚麼盟誓，不過是願意一起飛，並沒有說要雙飛一輩子。」

俊有點詫異，怔怔地望着天空出神。

「說的也是，」他慢慢說道，「我倒沒想過。但難道不是個丟臉的皇帝嗎！你會不會絞死自己最愛的人，謙二？」

「如果她不死，我就得死嗎？」我問：「那，那真不好說。」

俊不說話了。選擇自己死，或是讓別人替自己去死，回答一定是冷酷的。

「她啊，其實並沒有死去，有真正愛她的人暗中把她送到我們的西京來了。」

「我知道了！那是故事裏的楊貴妃！她真的來到日本了？」

「誰知道呢？」他說：「過去了的事，我們能夠知道的，全都是別人願意讓我們知道的。不想我們知道的事，一句都不會說。」俊望着天空出神。

「胡思亂想是你的毛病。」

他笑了。「夜深了，我該回去了。」他站起來，卻沒有移動。想一想，又說：「歷史全都是沒有辦法去證明的。我們只能選擇相信或不相信，是不是呢，謙二？」

昭和十六年（一九四一）的冬天比往年都冷，霜風寒氣像尋穴的蛇，稍有空隙就鑽，直要鑽進人的骨子裏。我發覺母親不再穿錦衣麗服了，夏目吳服店的女主人，一直都是優雅而體面的。現在她換上粗布棉衣，花布圍裙，還用帕子包了頭，每天匆匆忙忙出去，有時晚飯也不回來。

我不開心：「媽媽忙甚麼去了？雪子阿姨燒的飯不好吃。」

父親的聲音冰冷：「吃這個很不錯了。媽媽和夫人們都要去軍工廠，趕縫棉衣和軍帽，在嚴冬前得送到前線去。她忙得連吃飯的時間恐怕也沒有，你坐在這兒還敢抱怨！雪子，夫人的晚飯好好溫着。」

我只好回到自己的房間。已經是一個硝煙的世界了吧？有一種恐懼冰冷冷地浸滿我的全身。陛下的命令一定要遵從，我當然要成為一個勇武者。但明年要考大學了，東京大學或早稻田大學，物理學是我從小的夢想。我打開窗戶，冷風一剎間吹了進來。沒有雲的天空，一片漆黑。

有一天，母親回來早了，親自做了壽司和天婦羅，我歡叫一聲，狼吞虎嚥。

母親微笑着，「我們的謙二長大了，」她說，「真是個精壯男子。」

我把湯喝得啜啜響。

吃過晚飯，父親說：「謙二，你跟我來。」

我跟着父親進了書房。母親也進來了，轉身拉好門。父親拿起香煙盒子，抽出一枝，我替他點火。

「謙二，」父親說，半張臉藏在煙霧裏。「你快滿十七歲了。」

我沒有回答。沒甚麼好回答。

「你要娶妻，明年三月生日後立刻替你辦。」

我抬眼望着父親。這是說，已經收到我的入伍徵召書，我快要去打仗了。

這幾年一直派兵往國外打仗，從東三省南掃太平洋，一個偉大的大東亞共榮圈。各種好消息不斷從無線電廣播裏震天震地向全國公佈，叫人熱血沸騰，高聲歡呼。但許多精壯的男人在戰場上卻一直沒有回來，漸漸連十六七歲的男孩也被徵召入伍了。政府一次次把法定的結婚年齡往下調，讓孩子們早早生子，預留下一代。

「你有要好的女朋友嗎？」

我搖頭。

「有看上哪家的女孩子嗎？」

我又搖頭。

母親看着我：「良子，良子怎麼樣？」良子是母親妹妹的女兒，我的表妹。

我覺得難為情：「她那麼小！」圓臉，剪着齊劉海，笑起來露出小犬齒，一個小跟屁兒。

「已經十五歲了，現在女孩子的適婚年齡是十四歲。」

父親默默吸着香煙，等了一陣子。「沒有意見嗎？」把煙蒂塞進煙灰缸，站起來說：「就這麼決定吧。」走了出去。

母親靠到我身旁：「謙二，」拉起我的手：「謙二。」

我看着她。「媽媽，家裏有了良子幫忙，你可不要再勞累了。」

母親流下淚來。

「別擔心，媽媽。我們從小接受訓練，每個暑假都在軍營裏，早就習慣了，也不過是那麼一回事。」我對母親笑：「媽媽不是說我比小鹿跑得更快嗎，我會飛跑着回來的，媽媽你安心吧。」

我把母親送回睡房，然後走出家門，走向望月書店。我看不到月亮，天上只有淺淺的星光。我在地上尋找自己的影子，沒有影子，也許有，卻淡弱得看不見。

然後我看見一個人迎面走來，俊迎着我走來。走到前面，兩人都停住了腳步，對望了一陣。俊轉身和我一起並肩向前走去。我知道他想說甚麼，他也知道我要告訴他甚麼。

書店後街不遠處有個小小的神社，庭院裏種着楓樹、松樹和各種花木。但這是一個暗黑的夜晚，一個錯誤的季節。我們不該在這個時間到來，在這個季節到來。此刻櫻花已謝，梅花未開，顏色和香氣都已被埋葬。我們踏進一個幽昧的世界。

各自倚着石欄，相隔三兩尺，對方的臉都在松蔭下，幽幽地看不分明。

「誰呢？」

「良子。」

俊笑了，在黑暗中露出白色的牙齒：「可愛呀！小小的，粉嫩的雛菊的樣子。」

我哼了一聲：「你呢？」

「你會取笑我吧。」俊說，「淳子。」

「我就知道！班上最漂亮的女孩，成績又那麼優秀！」

「不是的，不是你想的那樣。」俊抬起頭來，望着深沉的夜空。「我渴望的，是要超過這一切，比這些都更好，好很多很多，人世間最完美的一個女孩。但我沒有時間了。」他的語氣有點悲涼。「與其讓他們隨便給我找一個，不如就是她吧，至少是認識的，至少是不太差的。」

我說不出話。

「我們這一生，謙二，恐怕都不會有戀愛的機會了吧。那種輾轉反側、魂牽夢繞的滋味，患得患失，摧心瀝肺，無盡的相思……我但願小說和電影裏的愛情全都是騙人的。這樣我便不曾失去了甚麼，錯過了甚麼。」

「但至少，」我安慰他，「至少在戰死之前，我們可以先做個真正的男人。如果連女孩子是甚麼也不知道便死去，不是加倍地不幸嗎！」

俊轉過頭來看我，癡癡地笑：「那跟戀愛結婚又有甚麼關係呢。」

「那便給父母留下一個孫子吧。我們不在，他們會寂寞的。」

他收起了笑臉，垂下頭：「是，他們一定會寂寞的。」

那個冬天特別長，一直冷到第二年的春末。昭和十七年（一九四二）的春天一點沒有春的意思，直到良子嫁到我家來，我才發覺春天原來非常美麗。

意外地，我非常喜歡良子。良子小時候常愛跟在我後面轉，像濕了水的麵團，令人煩厭。但原來她這麼好，說不出的好。這半年的時光，也許就是我和她一生的歲月。她急於把所有的美都對我綻放出來，有時嬌笑，有時泣啜。而我，每分每刻都想把自己交給良子。

七月，我、父親、母親，和懷孕兩個月的良子，連同俊的一家人，坐火車一起往郊區的訓練營。

「包裹裏有厚內衣，」母親說，「良子給你打了三雙毛線襪子。」

良子低着頭，懷裏抱着個大包袱。布上紫色的菖蒲花瓣圖案，濕了一個小圈圈。

「做個真正的勇士，」父親沉着聲音，「夏目家沒有怯懦的人。可記住了？」

「是。」

俊的父親一直在吸煙。在訓練營門口才抬眼望着兒子：「帶一顆乾淨的心回來，」他說：「帶一顆乾淨的心回來見我。」

我們被編排在同一個小隊裏。晚上一大群孩子一起睡在榻榻米上，有些年紀比我們大一點，也有幾個比我們更小的。俊想睡在我旁邊，但我們被分派在兩個不同的角落。

文靜怯弱的俊，一上到射擊場，卻完全換了一個人。

他幾乎從來沒浪費過一顆子彈。只要舉起槍，那頎長的身子立時會綻出光芒，沉靜而瀟灑的姿容，迎着清風與炯麗的太陽。他是驕傲地挺立着的白鶴，斯文卻矯健，蓄勢待發，一旦振翅必長唳直上穹蒼。那管槍似是和他一起出生，一起長大，本來就是他身體的一部份。他舉起的不是槍，而是他自己的手臂，發出去的也不是子彈，而是腦中的意念。心意一動，子彈已經射中目標，就連走動着的鼠兔也無法從他的心意中逃脱。那樣準確的神奇的命中，連教官都大大吃驚。

「你一直在練習槍法嗎？」

「就是在學校和暑假營裏接受過的訓練，教官。」

教官看着他，確定他沒有説謊，便點點頭，走了開去。

「兔子在跳，你把槍瞄準兔子是不行的。」俊告訴我：「你得判斷牠跑得多快，走哪個方向，迅速對準牠前行的地方開槍。你的子彈飛到了，兔子也剛好乖乖地把頭送上。」

「但如果兔子猶疑了呢？走回頭了呢？」

「猶疑或者回頭之前，身體是有信號的。」他説，「也許是耳朵，也許是眼睛，就那麼一秒兩秒，透露出一點點不易覺察出來的神氣。你得即時決定，在牠遲疑着想改變之前立刻幹掉牠，或者搶在牠之前射向牠的新方向。」

呵，真是這麼輕鬆容易的嗎！

望月家很快捎來了音信，俊的妻子也證實懷孕了。他高興得想跳躍、想大聲叫，卻又怕被長官責罵，於是只在喉嚨裏咕咕，掩不住地偷笑，驕傲的、心滿意足的一張臉。他是那麼漂亮。望月俊是訓練營裏最漂亮的少年。

我們在集訓營只有短短數月，因為前線急切需要補充兵員。昭和十七年（一九四二）的初秋，楓葉還沒染紅，我們便被派往中國，編入後備部隊，駐守在洞庭湖附近的基地。

開頭的一個月，每晚都往野外實習。山地一片漆黑，我們在挖滿戰壕和藏有暗伏的山野裏學習拚搏求生。我短小結實，但從深挖的戰壕爬上來也得費點力氣。俊卻可以雙腿弓曲，瞬間彈起，然後腳尖在壕壁上一蹬，便如一頭奮然而起的大鳥，勇猛矯捷，在半空中一隻腳已順勢踢了出去，快如閃電，俯在戰壕邊沿準備向他襲擊的小兵即時向後翻倒。

「好！」教官讚了一句，「但，望月君，注意旁邊或有更多的敵人。」

下午，教官在掛着大地圖的課堂裏講課。我一向對地圖有強烈的愛好，聽得特別入神。

「我們早已佔領了敵人的首都南京！」教官洪亮的聲音充滿自豪。「他們被迫遷都往重慶，稱為『陪都』。武漢也被我們攻下了，又在宜昌外圍奪得大片修建機場的空軍基地，取得江漢平原富裕的產糧區。只要進入四川，奪下重慶，就是終極的勝利！」

從武漢往重慶，最便捷的途徑是沿着長江西去，但三峽奇嶮卻卡在兩城之間。中日兩軍在這一帶對峙多年，一山一嶺、一村一鎮地爭奪。今天攻佔了，明天又被搶回去，一直在糾纏。

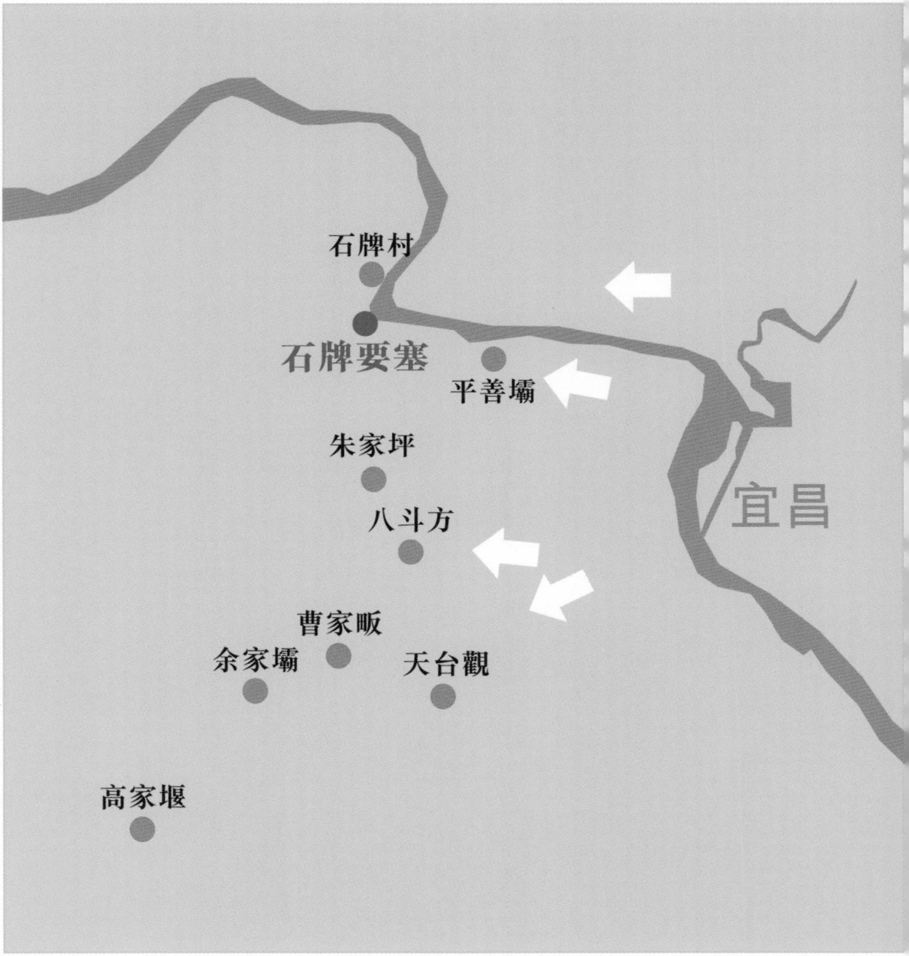

石牌及附近地圖

第一次上戰場，俊就殺了人。

就在山野上，不遠處的土壕下突然探出大半個人頭，向俊舉起了槍。我還來不及驚叫，俊手臂一伸，長槍連着身體瞬間向前推去，槍尖上的刺刀光芒急閃，那士兵的血一剎間全噴向俊的臉，身子卻直直向後翻倒。一顆子彈同時歪斜，從俊的頭頂上飛嘯而過，他背後的一棵大樹跌下許多碎枝亂葉。

俊用手向腮邊一抹，鮮紅的血，那小兵的血，一滴滴沿着手指流淌。他高聲驚叫起來，大力拭抹着，急亂地揮着手要把鮮血摔出去，那聲音，像悲嗥的野狼。

倒在土坡下的小兵也是個小青年，不過十六七歲的樣子。

俊一直在顫抖，但別的敵人也很快接近了。他沒有可憐別人或為自己痛哭的時間。殺了第一個人，哭也好，夜裏做噩夢也好，熬過去，心也就硬了。敵人活着，自己就得死，那一秒鐘決不讓你稍有猶疑。

昭和十八年，一九四三年春末，部隊轉來我家人的信息，良子產下一對雙胞男孩！我抱着俊大笑大跳：我是父親了！我是一個真真正正的男子漢了！

不久，我們接到命令：準備全力進攻重慶！

「由武漢往重慶，陸路得翻越崇山峻嶺，不但艱苦而且曠日彌久。」長官語氣嚴肅，「所以我們一定要奪下江邊的守地，可以沿着長江西去。他們已經失去了武昌、南昌和宜昌，只剩下宜昌西部的石牌小鎮和附近一帶的山頭可以死守。」他在地圖上指出石牌和附近的地形：「只要攻下石牌，皇軍便可以順利穿過，直撲他們的『陪都』重慶。我們輝煌的勝利指日可待了。」

我那年輕的躍躍欲動的心，是緊張而興奮的。

五月下旬，我們從基地出發，沿着長江，在支流的石壁登陸，分幾路推進，以迂迴的路線圍攻石牌。皇軍派出多架飛機轟炸對方軍隊的防禦，猛烈的轟炸後是連天苦戰，我終於親自見識到雙方軍隊的堅韌。每一寸土地的攻進都是艱苦的，每一寸土地都留下一大灘鮮血，他們的血和我們的血。到二十五日傍晚時分，雙方終於暫時停火，稍作休整。

傷、殘、疲倦，每個人都又餓又累。經過一個小村子的時候，長官說：去吧！一個小時後集合。

於是一哄而上。村子裏的人大都走光了，一個女人也沒有。大家只好找吃，稍為有用的東西都搶走。剩下幾個老弱的人，也隨便一刀下去。剛從慘酷的殺戮場出來，死亡不過是那麼一回事，人，也不再是人了。

我和俊塞飽了肚子，並排走向村外。村口有個小池塘，黃昏的顏色浮在水面上，薄薄的霧氣，風特別清涼。

「看見那邊的一叢竹子嗎，」我說，「我家的小庭院裏就有這種小竹，記得吧，碧綠碧綠的，葉子比別的竹子細長。」

「我家也種着，就在我臥室的窗外。深夜，會聽得見細雨打在葉子上的聲音，風吹過的聲音。」他說。「有一夜，沙沙的聲音特別響，雨下得好大啊，我想。拉開紙扉，卻意外地看到滿院子清明的月光。原來沒有雨，是風，颳得急，一陣陣飛掠而過，葉子便簌簌地。我聽到的不是雨聲，是竹葉子，竹葉子在梢枝上顫抖的聲響。」

我們並排着在池塘邊站了一會兒，俯身用池水洗臉，也清洗一下繫在腰間的毛巾。

俊抽出一枝香煙遞給我，我搖頭。他便放在自己的唇間，拿出火柴。他一連用了三根火柴才把香煙點燃，深深地吸着，噴出一團團濃霧，鼻子眼睛全變得隱隱約約。

我忽然注意到竹林密處有個小草棚，似乎有甚麼東西在漾動。

「那是甚麼？」我向小草棚走去，俊跟在我後面。靠近一點看，是被風吹起的殘破衣裳。一個女子俯伏在泥地上，衣褲大都被撕脱了，身上許多被抓傷扭傷的痕跡。她大約想逃進草棚，背後卻被刺了好深的一刀，流了不少血。

俊蹲下來，翻過女人的身子。我看到她的臉，小小的一張臉。那是個非常年輕非常美麗的女孩，才十四五歲的樣子，一朵剛出水不久的小荷花。她雙目半閉，正在輕聲地抽氣。臉和雙手的皮膚雖被曬得棕黃，平日掩在衣服下的胴體卻膩滑晶瑩，像最精緻的絲緞。還沒完全成熟的胸脯上，綴着兩顆胭脂色的小紅豆。

這不是良子嗎，幼嫩的良子，我春花似的小新娘。

我的心一下子柔軟起來。

我和俊對視一眼，一起跑過去，合力把她挪進草棚裏。

那少女已奄奄一息，大約遭過不少淩辱，事後還被深刺了一刀。但此刻她仍是令人無法移開眼睛，可愛的小肚臍隨着艱難的呼吸，高一下低一下地起伏着。

我們把她挪進草棚，放在破草堆上。可憐的女孩。我拿出濕毛巾輕擦她的臉，拭抹胸前的血漬。我要把她全身都清潔乾淨。我拭完又拭，拭完又拭。俊也跪下來，用濕毛巾拭擦她的大腿，小腿，她美麗的小小的腳趾。她的身體像一尊精緻的白玉雕像。

我的手停在雕像上，抬起頭來看俊。俊也正看着我。都不說話。

我和他，從小就分享着彼此的喜怒哀樂，所有的想法和行動幾乎都是一致的。

但這樣子面對面……

只是，沒有多少時間了。

我們的眼睛對閃了一下，迅速行動。玩着鬧着，不知如何竟然搶撞起來了，輪流在旁邊助威吶喊。

「好像是快沒氣了。」我終於說。

俊站起來，背着我整理衣裳，啞着聲音說：「別再受折磨了吧。」

於是我一刀剁了下去。

我扣着皮帶，突然想起家中的吳服店。店內有一個精緻的衣架子，母親總是把每季最美麗的一件衣裳掛上去。金絲銀線繡出來的花紋，有時是翺翔着的千羽鶴，有時是富士山上的晴雪，高貴美麗，潔淨無瑕。兩隻衣袖穿過衣架的長木條，像張開雙臂等待擁抱的美女。

那一晚，隊伍露宿在山野上。我疲累至極，卻不能入睡。

是，我們年輕，每天都與死亡擦肩而過。但我們不是很有理想的、個性高潔的年青人嗎？老兵們的醜態不是常常令我們惡心嗎？我和俊，從小便欽慕古武士們仁勇克欲的傳統道德，互相鼓勵一定要有完美的高尚的人生。

俊在喃喃自語。我嘆了一口氣。

「你在數甚麼呢？」我問。

「想算算這幾個月裏，我親手殺了多少人。」

「別算了，傻蛋。」

俊沉默了。「我在想，」他低聲道：「每家每戶都有門鎖，小偷或強盜進來都是犯罪。我一個外國人，拿着武器在這裏算甚麼？」

「胡思亂想是你的毛病。」

他不說話了。我的頭開始發沉。

「謙二。」

「唔？」

「下個月是我的生日。」

「我記得。」我說，「六月二十，阿俊，你要滿十八歲了。」

「十八歲。是啊，十八歲。」他輕輕說。「算算日子，淳子該生產了吧？一點消息也沒有。」

「這戰地裏，消息總來得晚些。」

「也是。如果我家生出的是個女孩，我們結成親家吧。」

我說：「好。」

他沉默了好一陣子，又說：「我希望是男孩，我那久病的哥哥是不會有後代的了。如果是女兒，謙二，能讓你家一個兒子入贅嗎？」

我聲音昏昏：「你這麼年輕，回去還可以再生孩子。」

俊啞着嗓子低笑，那笑聲嚇得我重又張開雙眼，毛髮直豎。

「望月俊！」我小聲喝道。

「我不知該怎樣活下去了，而且誰知道能不能再回去呢。」他看着天空，黑沉沉的天空，他的臉流滿了淚水。「如果生下的是女兒，如果我回不去，」他又說，「讓你一個兒子入贅我家，可以吧？」

我握緊他的手：「俊，我一定答應你。但也請你答應我，一定要和我一起回去。」

他又啞笑起來：「這難道是我們能夠自己作主的嗎？」

我們的任務是攻下石牌。

石牌緊貼西陵峽，是宜昌縣內的一個小鎮，人口不足百戶。三峽洶湧的浪潮到這兒突然被逼刹向一百一十度的急拐彎，兩岸石壁如削，陡峭奇險，是個易守難攻的天塹。中國軍隊安裝了十尊大炮，防守嚴密，這個生死險角是整個戰略的關鍵。

血戰了多天，皇軍一步一步向石牌迫近。到五月二十八日，司令部集中海陸空三軍十萬人，下達了最嚴厲的命令：死攻石牌！

那天早上，我們用熱湯混着米飯和麵條一起吃，意外地還發現湯裏有幾片菠菜和碎肉。俊捧着杯子，怔怔地有點心不在焉。

「你啊，還不趁現在快點吃！趕快吃飽！」坐在俊旁邊的一個老兵瞅了他一眼。

我不喜歡那老頭對俊説話的腔調。「你甚麼人？」我大聲斥喝他。「吃不吃礙你甚麼事了?」

「嘿!水壺和乾糧都要帶着!」我還要吆喝,俊說,「你別嚷了吧!」兩三口把飯吃完,湯也喝乾淨。

只不過是幾個小小的山頭,我們竟然久攻不下。空軍也趕來支援了,炸彈和火炮密集地投擲,土翻石塌,樹木被炸成破片,混着鮮血,幾乎沒有一寸土地是乾淨的。只要中間有一點空隙,我們就有一個小隊鑽進去搶攻,一寸一寸迫近他們的主力中心。

苦戰持續了兩日兩夜。到第三天,兩軍太過接近,飛機的威力已經沒有作用了,空中轟炸容易傷及自己人。炸彈和炮聲越來越稀疏,只剩下密集的槍響,猛烈而急促,一直沒有停止。然後,慢慢的,連射擊的聲音也疏落起來,終至完全聽不見子彈的飛嘯。

子彈已經耗盡了!

戰場變成一個熱油鍋,亂烘烘,每個人都在瘋狂嘶喊,日本話,中國話，各種方言。誰都聽不清誰，誰都聽不懂誰，只是扯直喉嚨向對方怒罵，還有滿耳金屬交擊的聲響。

在曹家畈和大小高家堰一帶，山頭似個鬥獸場，彼此相互撕扯，亂成一團，怒眼瞪着怒眼，誓要把對方吞噬下去。

血肉飛濺，一場慘酷的埋身肉搏戰。

站在我面前的威猛漢子，咬着牙把手中大刀向我砍落。我忙舉起長槍揮擋。我長槍上的刺刀經這數月的戰鬥，已經多處崩裂，兩刃相碰，卡拉一聲，刀尖登時飛脫了一小截，尖刃直向他的臉上甩去，刮破一片淋漓血肉，我手中的斷刀也瞬間刺進他左邊的臂膀。他一聲怒吼，又再揮刀直砍我的頭顱。我一個夥伴剛好在他後頭，危急間手起刀落，這人登時歪了脖子，身子直直撲倒。

我來不及喘一口氣，旁邊又衝過來一個精瘦的小兵，手執一根大樹枝要拍打我。我側身閃開，斷刃一揮，那樹枝登時破裂。他怒聲惡罵，瘋子般撲過來要搶我的長槍。他一手抓着槍，另一隻手用斷枝上參差的刺尖猛插我的臉，狠狠拍打我的頭骨蓋。血一直流下來，幾乎把我的雙眼全糊住了。

我咬着牙關拚命把槍抓得緊緊的，一小寸一小寸地扯回身邊。漸漸他抓住的已不是槍，而是槍上插着的刺刀。我奮力要把刺刀從他的手掌中拉扯出來，他的血一直往下淌，許多血，連手指都快要斷裂了。他終於憤怒地鬆開了手掌，拚命踢我，舉起樹棍拍打我。但四面全是混戰的人群，互毆互撞，瘋癲一樣，一下子把他擠往旁邊去。他於是撲向另一個人，枝棍亂打在那人身上。

完全沒有戰術了。已經不知道自己是人是獸，已經忘記甚麼是生甚麼是死，腦中完全空白，只是機械地砍着，殺着，碰到不同軍服的人便打，白刃進去，紅刃出來。兵器壞了，抄起樹枝，拾起石頭，叉脖子，撕耳朵，撲到身上亂咬。再也分不出濺的是自己的血還是別人的血，腳下踏着的是戰友還是敵人的屍體。殘軀破肢亂七八糟摔在血地裏，一堆堆都成了小山。

看見過野獸搏鬥嗎？那遠遠不及這戰場殘酷。

這幾天的激戰，雙方傷亡都盈千累萬。我們卻終究沒能攻下石牌。

殘酷的石牌戰役終於保住了中國政府在重慶的政權。

但我顧不得這些了。

我在撤退的殘兵中焦急地尋找俊，我的好友望月俊，叫着他的名字，不斷詢問每一個殘兵：「你們看見望月俊嗎？有誰見到望月俊嗎？」我一邊找一邊流淚，然後哭起來，大聲痛哭起來，哭得很厲害，我不想活了。

我的好友，那漂亮的、與我分享過快樂和迷惘的少年，成為荒野中一具無人認領的破碎的屍體，從此在我的生命中永遠消失。

第二年，我在另一個戰場上成了殘廢。

時間剛剛好，我回家了，沒在戰地上逗留至戰敗投降。良子洗滌着我斷腿的傷口，我伸手拭抹她的臉腮，那兒流滿她悲喜交煎的淚水。

我問良子：「每家每戶都有門鎖，小偷或強盜進來都是犯罪。我一個外國人，拿着武器去那邊幹甚麼？」

良子抽抽咽咽：「你，別說傻話了吧。」

我於是哀哭起來。我明白俊當初說的話了：我不知該怎樣活下去。

我也是一名戰犯，本應該為我的罪過而死去。

二零二零年五月

後記

寫《我也是一個戰犯》，是一次沉重的體驗。

一九四一年珍珠港事件後，日本逐漸陷入了中國戰場和太平洋戰場兩線作戰的困局。為了扭轉被動的局面，日本希望盡快解決在中國的戰事，一九四三年五月，下令集結海陸空三軍十萬餘人，企圖直逼當時的「陪都」重慶。石牌天險成為保衛重慶的最後一個關隘。臨危受命的是陸軍第十一師師長胡璉（一九零七—一九七七），兵員只有四萬。上級詢問有無把握，胡璉鏗鏘回應：「成功雖無把握，成仁確有決心。」

他給父親和妻子預留了絕命書。在寫給父親的信中，他說：

兒今奉令擔任石牌要塞防守，孤軍奮鬥，前途莫測。然成功成仁之外，當無他途。而成仁之公算較多。有子能死國，大人情亦足慰……。

決戰前夕，胡璉帶領全體官兵宣誓：

陸軍第十一師師長胡璉，謹以至誠昭告山川神靈：我今率堂堂之師，保衛我祖宗艱苦經營遺留吾人之土地，名正言順，鬼伏神欽，決心至堅，誓死不渝！漢賊不兩立，古有明訓，華夷須嚴辨，春秋存義。生為軍人，死為軍魂！後人視今，亦猶今人之視昔，吾何惴焉！今賊來犯，決予痛殲，力盡，以身殉之！

然吾堅信蒼蒼者天，必佑忠誠。吾人於血戰之際，勝利即在握。

此誓！

那一刻，一定有天風怒號、巨浪奔嘯。浩瀚的長江以萬丈驚濤，千堆飛雪，回應着這些錚錚漢子。

我想起在日本時認識的朋友。他們也經歷過苦難，忍受着無可奈何的人生。望月俊、夏目謙二、和許多與他們同樣可悲的少年，他們的天性都是邪惡的嗎？他們的生命被甚麼支配着，為甚麼會作了孽。

我，以及比我晚生的一代代人，何其幸運，生長於和平豐盛的年代，享受最富足的資源。於是我們以為世界一直都是這麼太平昌盛的，以為幸福都是我們應得的，不能滿足我們就是對我們的虧欠。

我們是如此淺薄，自私，狂妄而貪慾。

望月俊的父親叮囑兒子：「帶一顆乾淨的心，帶一顆乾淨的心回來見我。」

自覺心已經不再乾淨的少年，要回去面對父親，是比死亡更痛苦的事吧。

也許我們應該在鏡子前細心檢視自己，看清楚我們的背後有甚麼，我們的祖先經歷了甚麼，然後清洗臉上的灰塵，滌去心中的污垢。

只有確定自己是乾淨的，才可以坦然面對天地，暢朗前行。

煙花雨

（一九六八至一九七五年）

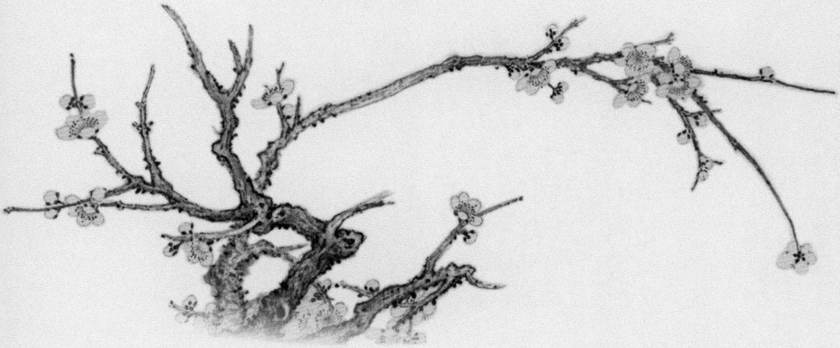

冬天可以做點事

吳說他喜歡冬天，因為冬天可以做點事。夏天不能，那樣難耐的炎熱，坐在辦公室裏看一疊疊的文件，最多只能看看玻璃窗外那一點熱得發白的天。我很想問他去年冬天做了甚麼，前年冬天又做了甚麼，二十幾個冬天一共做了甚麼。但我結果沒有問，因為那一定會叫他有一種尷尬的表情。我想像得出來，所以我是很厚道地不響了。

我卻是無論夏天冬天一樣沒有甚麼可以做出來的。面對書本的時候多，看進腦裏的卻少，打開書本神遊物外，竟自小就被誇讚是個勤力的好孩子。並不是存心作好孩子狀要騙父親開心，只是覺得胡思亂想比看書有趣，尤其長大了一點，老師叫你看他的古老講義。不看，放心不下，看，太無味。面對着它可以心安，神飛雲外來得更有安全感。

最妙莫如在飯堂外面霸佔一張圓枱，看山與海與山邊的雲彩，靈感都在雲上。我覺得只要心中充滿了詩思詩情，即使不寫出來，也已經是詩了。寫成篇章而且公諸同好，只是非常的寂寞希望別人來欣賞。所以沒有著作的人比有著作的人高超，更能明白自我的價值。當然因不懂寫而不寫的是例外，希望以文明道去救世人的也是例外。

吳聽見我這話一定會非常高興了。能夠令別人高興總比令別人愁眉苦臉好。近來發覺自己也該學習一下這種偉大。自己不開心，第一個陪自己不開心的，必定是最愛自己的人，這未免太殘忍。至於不愛你的人，陪你不開心一兩秒鐘，又有甚麼意義。所以不開心的事該密密地收藏，伏在枕頭上哭也別弄出聲響，而且不要哭得太多，胡桃眼睛一樣叫別人不快樂。

星期日的西貝兒真是最美麗的了，她只是在林子裏亂跑，快活地說「我們又回到家了！」她甚麼都沒有做，卻比做了任何事都更好。真喜歡那樣的林子，那樣的愛情才配叫愛情，更天真一點就無味，更成熟一點就太老練。西貝兒長大到十八歲就一點都不可愛了，幸而我們只看到她十二歲時的模樣。我們十二歲的時候很少想到要做點事否則便是浪費日子，很少想到要賺錢否則便沒有飯吃，很少想到要負起甚麼責任因為自己是個知識分子。但到我們十八歲二十歲二十幾歲，不想要的都無法不要了。那壓力是這樣的大，彷彿是無可逃避的責任。國與家與愛情與文化，足夠叫你辛苦一輩子而可能一無所獲。然而明知可能一無所獲還得不斷去操心奔波，因為你覺得必須做點事活下去才有點意義。

所以吳說他甚麼都做不出來的時候他顯得這麼頹唐，他盼望冬天只是給自己找個藉口。到了冬天他一定又會說寧願要夏天，因為冬天是這樣的嚴寒這樣的懶惰。

我想我們都缺乏了一種力量，我們有甚麼理想國甚麼理想愛情甚麼理想文化？我們只在徬徨無主中我們是永遠的失落。人與人之間是這樣地難於了解啊因為我們根本不能自我了解，我們只是希望做點事而不明白該首先做些甚麼。所以戴了方帽子的人覺得方帽子毫無意義，結了婚的人覺得結婚毫不快樂。而他們都曾千辛萬苦去求取方帽子求取婚姻，回顧又前瞻始驚覺自己是多麼傻，因為方帽子絕不是學問結婚證書絕不是愛情，它們不能代表甚麼更不能保障甚麼。

而所有的辛苦勞碌到最後的一剎始發覺毫無價值。一定有一種東西超乎任何現有價值之上吧。而你尋索卻尋不到。耶穌為你死了耶穌是否很快樂，你不必為別人死你又是否很快樂。吳說他希望冬天能做點事，真想知道他要做些甚麼。而且但願他教教我，我也真想做點事，做了之後能夠不後悔而且覺得還有點兒意義，有點兒快樂，這就非常非常的幸福了。

《中國學生周報》一九六八年

煙花

昨晚就開始聽到煙花的爆破聲，零零落落的在半空裏散盪着，那些細碎的小金花，幻着迷朧的光，一下子就被吞噬在夜的深黑裏。

那只不過是節日前的小序幕。真正大放煙花還是今夜，美國的國慶。他們在公園裏升起國旗，奏着莊嚴的國歌，人們臉色紅潤，神情歡樂。然後，很意外地，一團大大的火花就在你頭頂上炸開來，散亂的星光，飛流的雨點，因為靠得那麼近，眨眼間，全都要拋灑到你身上……忍不住又驚詫又稚氣地笑起來，這時才聽得傳來爆炸的巨響。而第二個煙花已緊接着爆開了，一朵菊花，從花心中吐出來的絲絲縷縷，一隻飛躍的鳳凰……真是快樂的，那一剎間真快樂。

然而他們的快樂跟我們全不一樣。我們的快樂是一朵煙花，落散之後就是一片夜的深黑。他們則可以滿心歡暢地回到自己的家，睡在自己的床上，自己祖國的土地上。

我也曾在自己的祖國，看自己國慶日裏的煙花。很遙遠的事了，還是個紮着小辮子，繫着紅領巾的孩童。真驕傲，那時全身都是驕傲與歡樂。我總是站在隊伍的最前頭，我是旗手。一清早就從學校操往市廣場，喊一些令人熱血沸騰的口號，力竭聲嘶地喊，狂熱地喊。然後一群群鴿子飛上了白雲飄盪的藍空，鮮明絢麗的氣球，悠悠揚揚，消失在浩浩的青冥裏。然後聚餐，吃麵豉糊稀飯，又香又甜。接着是晚會，跳舞啊，唱歌啊，手風琴悅耳的樂音在清風中迴旋，十月之夜，胭脂花的甜香流溢。當四周濛濛地染上昏黑，鳳凰木厚厚的濃蔭在沉沉的暮色裏靜立，煙花就突然一個緊接一個地響起來，把夜炸成一節節色彩斑斕的片段。美麗的夢，高遠的憧憬，令人甘心為之拋頭顱灑熱血的，在十二三歲的少年身上，灼灼地燃燒着。

然而，畢竟是太遙遠了，好好壞壞，實在說不上。也許，一輩子在那麼一個地方，永遠被灼灼的熱情焚燒着整個身心，反而活得實在些。生命本來就是越簡單越快樂，把思想弄得複雜起來，徒然自討苦吃。在美國出生，從不曾踏過中國土地的表姑，第一次看見我，抱着我在臉頰上親吻，說：「歡迎你到我們的國家來！」流露出美國人與生俱來的驕傲。她還是百分之百的中國血統，到她的孩子就只有半個中國人了，一代一代的，到後來，幾乎沒有了中國的血液。這故事也將發生在我的兒女身上，發生在所有漂流的孩子們身上……然而他們並不感到異樣，他們像所有美國的年輕人那麼歡樂——孩子們能夠歡樂就很足夠了罷！我必須記着今天的國慶也就是我的國慶，我必須把這遼闊的土地看做我的家鄉。

中國給了我許多，快樂或者痛苦，都那麼深沉地，在我心中，在我瑣碎的生活裏。前幾年在日本，夜泛在冷冷的琵琶湖上，翻來覆去就是赤壁上蘇子的狂歌。瀞峽的絕崖，只濃縮着滾滾不盡的長江。巫峽長啊，猿啼三聲——思鄉的淚滿落在衣襟上。我枉生為中國人，如此執着地愛戀着她，然而我為她做過些甚麼呢？貢獻過些甚麼呢？我最不配愛中國了！

有一個謫仙人被流放往荒蕪的夜郎，但他很快被赦免了，他的精靈千年、萬年在中國的土地上呼吸着。去年，在 Grand Canyon，望着那麼深，深得無盡的峽谷，想：如果就這樣一直深下去，深到東半球那一邊了。這麼縱身一跳，墮下去、墮下去，穿過地心的陰黑，也許就是華南的一片葱綠吧！把這話告訴旁邊的他，他就伸手把我緊緊的抓着，彷彿我真要隨着峽谷回中國。

其實，真的回去又怎樣呢？做些甚麼呢？只這麼渴望着，真懦弱無能哪！

在荒冷的空谷裏悲嘯一聲，然後聆聽四面八方傳來的回聲，似乎有許多人與你共鳴，其實只是自己一人的悲嘯而已。

《明報月刊》一九七五年

女眼中之女

美麗與低能，彷彿是女子的兩個特徵。「簾捲西風，人比黃花瘦。此語亦婦人所難到也。」（苕溪漁隱叢話）大約男子個個都寫得出這樣的好句，一旦出諸婦人之口，倒值得大驚小怪了。評論男性作者的文章，為甚麼從來不想及「他是男人」，只有說到女性的作品，總忘不了性別的關係，實在令人大為喪氣。他們說：「女孩子竟然寫得出這樣的好文章來！」竟然二字，激得你要嘔血。看來女孩子只該是草包，寫好文章是男人的專利。

不要說「九萬里風鵬正舉，風休住，蓬舟吹取三山去」（李清照）那樣的豪語了，就是「今年瘦，非干病酒，不是悲秋」（李清照），也並不比韋莊的「一日日，恨重重，淚界蓮腮兩線紅」更多脂粉氣吧。文章只該有優劣之分，沒有男女之別，李清照實在絕無扭扭揑揑的女兒態。她雖然是體情寫物能入於微，但何等瀟灑雍容，一派大家風範。人有風度，文章何嘗沒有風度，易安的風度令人心醉。辛棄疾也寫過效易安體，朱淑真就無論如何不能和她相比了，《斷腸集》缺乏才氣。

當然也有不喜歡女孩子有才氣的男人。錢鍾書自己的才氣就厲害得很，卻以為稱讚女孩子有才學，彷彿稱讚一朵花在天秤上有白菜的斤兩。我想他大約是害怕，或者是嫉妒。如果女孩子又美麗又聰明又有才學，他就得給比下去了——因為聽說他自己並不漂亮。

曾經碰見過幾位修女，美麗清逸得令人目瞪口呆，回到家依然神馳不已。心想幸而她們都是修女，否則真白白被丈夫糟蹋了。越優秀突出的女孩子越不該結婚，愛情使人聰明，婚姻使人庸俗，世上有多少個東坡拜倫堪為伴侶？趙明誠也只是個僅能稱職的丈夫，他不是曾經關起門幾日幾夜，都寫不出一首好詞壓倒他的妻子麼！

沒有一個女孩子不愛美，所以沒有一個女孩子不作狀。稍有幾分容色的都自認是美人，恰如花朵要散放香氣惹人欣賞。不過高帽子還是別人贈送的好，自己剪裁豈不太無味？

現在的女孩都喜歡表現自己有「個性」，愛穿男性化的服裝，愛顯得隨隨便便，很灑脫很高級的樣子。我欣賞真正有性格的女孩，那樣可愛那樣自然，甘心於自己的天賦，就像小草不希望與木棉樹比高，木棉樹不學小草的柔軟。可是為個性而個性的女孩使我頭疼，總不能因為別人稱讚玫瑰的美麗，也給自己園中的松柏掛幾朵塑膠花吧。只怕別人的好處學不着，自己原有的特色卻失喪盡了。

但即使是塑膠花，也渴望蜂蝶的縈繞。被人追求是女孩子最大的快樂，每一個追求者是一顆鑽石，給她增加一分身價。她可以不愛你，你卻不能不愛她。你打過一次電話給她已犯上追求的嫌疑，請她看過一次電影吃過一次飯，就幾乎要負起求婚的義務。人人都說這是個開明的世界啦，但女孩子的心事誰知道，總之她那張追求者名單中已暗暗記了你的賬，彷彿出天花留下疤痕，不容你抵賴。

不過幸而有這許多多姿多彩的女孩子，否則這真是個太寂寞的世界。暑假時參加過一項社會調查工作，發覺女孩子一踏進全部是男性工作的寫字樓，宛如積雪一剎間融解成了流水，整個寫字樓立刻變得活潑有生氣。發現同性相斥異性相吸的科學家，大約是由他的愛人和情敵中獲得這麼偉大的靈感。

女人要照顧小孩，實在是上帝創世以來最殘忍的一件事。古靈精怪的女孩子一下子會變成小老太婆，背後一個手中一個，那情形使我不寒而慄。我說小孩最好像洋娃娃，空閒時抱出來玩玩，沒空就把他們塞進衣櫃裏。那麼所有家庭一定都變得很快樂，而我們可以引以為傲的女子，也就不會只得蔡琰班姬李清照這麼寥寥幾個了。

《中國學生周報》一九六八年

李清照像

（晚清王鵬運（一八四九—一九零四）《四印齋所刻詞》內之《漱玉詞》，前附有此幅李清照像。本圖取自一九六二年中華書局上海編輯所出版之《李清照集》所載）

「易安居士三十一歲之照。清麗其詞，端莊其品。歸去來兮，真堪偕隱。政和甲午（一一一四年）新秋，德父題於歸來堂。」

李清照（一零八四—一一五五年後）號易安居士。題句的德父即其夫婿趙明誠。

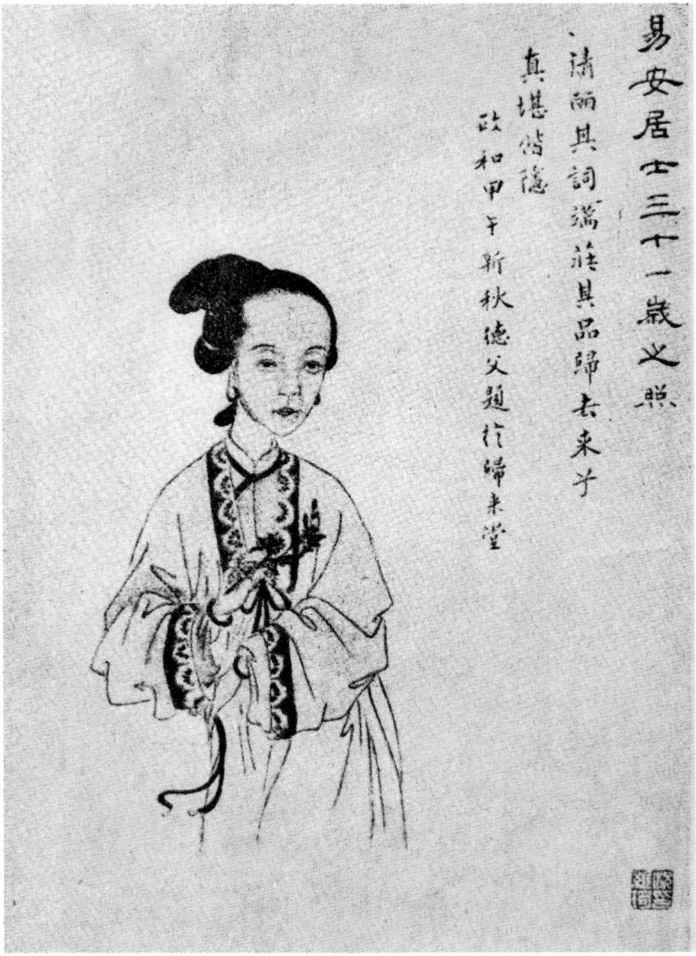
易安居士三十一歲之照
清麗其詞端莊其品歸去來兮
真堪偕隱
政和甲午新秋德父題於歸來堂

勇氣

總是充滿勇氣去開始，對每一件事。金魚缸裏最後的一條魚前天死了，水還貯着，海藻也留着。兩枝氣管依然不斷向水中輸氣。我曾經那麼快樂地為這一切忙碌過，只有當時的快樂是實在的，雖然我對養魚再也提不起興趣。

四哥與高采烈地參加了長江大橋的工程，在我七十歲的某個黃昏，他說，抱我的孫兒在長江岸畔散步。夕陽正灑滿江浪。看爺爺也有一份的大橋吧，從浪的這邊到浪的那邊，橫渡。但四哥並沒有留下孫子，甚至沒有留下兒子。他永遠不會有七十歲，二十九歲便是一生，自己化作橋上的鐵枝與橋墩。這對他也許是幸福，不必看得太多太長遠，在最快樂的一剎迅速完結。一點也不光榮，光榮遠不如快樂來得有意義。

我卻連稍為值得快樂一下的東西也沒有。波浪與波浪之間有一個低點，我的波浪來得快，低點也就不斷出現。曾經以為自己是塊不平凡的料子，所以不愛談服裝髮型和胭脂，女孩子該懂的，例如燒菜裁剪結毛衣，我一點都不會，為此竟有與眾不同的驕傲。如果我真能寫出一些好文章幹出一番大事業，還可自慰。不幸我甚麼都沒有。平凡是幸福，其實我早該知道。

常常憎恨別人打牌，憎恨吃喝應酬，把日子浪擲在無聊裏。但我的時光也一樣的虛廢了，而且不見得就很有聊，而且是煩惱更多快樂更少。

五哥入過瘋人院，五哥是個啞子。他們把他囚在大大的鐵籠裏。他沒有瘋沒有瘋，我堅持着說，但沒有人聽我。他愈大力去搖動鐵籠，便是他愈瘋狂的表示。我隔着籠子對他大哭了，他不過想自殺，因為他被別人騙了錢。對一個不能說話的人，錢也許很重要。每個人都有自殺的權利，他這樣的不開心，為甚麼偏要囚進籠子裏，逼他加倍的不快樂。他們以為很了解他，把他囚了幾個星期，然後放他出來。於是他又和以前一樣熱心地去賺錢，於是大家都說他好了不瘋了。

我們都是好而且不瘋的人，所以快樂離我們是太遠了。

披頭四與嬉皮士使我想起魏晉南北朝，LSD使我想起五石散。小小的心容不下太多的失望和悲傷，我們其實有比全世界的孩子們都更嬉皮的理由。然而我們都如此忙於吃飯與成名，無暇思索昔日嬉皮的嵇阮。有朋友說該嫻熟英文用英文去寫小說。別了中國別了中國的文學！你是無人肯再施肥的土地，不要回憶以前結過甚麼甚麼果子，這麼長長的一段歲月你不再開花，就使人焦慮。我們每年五月都記起屈原，但有誰真耐性地細讀過《離騷》？屈原的精靈可曾從波下給我們任何感召？自入海來，生意漸盡，恰如枯木，不知還有春天。我對別人失望，然而更多的失望是對我自己。

真希望能振奮一下，開開心心地大笑大鬧一次，即使笑出眼淚來也好。笑出眼淚總比哭出眼淚叫人舒服，何況還有連哭也哭不出來的時候。

《中國學生周報》一九六八年

暮遠樓

我獨自持花到跑馬地的天主教墳場，那是聖誕節的早上。天氣並不寒冷，然而瑟蕭是墳場中特有的景象。墓中安息的是伍俶教授，歲月如流，墓有宿草，身與名俱滅或者江河萬古流，短短一兩年間難為俗人道。歷史將為真正的詩人作證，那是個永遠不會被淘汰的名字。

我不敢評論伍先生的詩，只能說我喜歡而且深愛它們。「隔牆見桃花，自是人家樹，既開我亦看，寧論賓與主……」，「昨夜過水邊，紅蓼真秀絕。宛然見江南，令我歸思發……」不知他是否喜歡別人引錄他的詩句，自從移居香港，他總是那樣沉默。他極少和外界人士接觸，除非萬不得已。探訪他的只是幾個老朋友和學生。一杯茶幾塊餅乾，叫你覺得身在天堂。伍先生的國語帶濃厚的家鄉音，不很易懂，然而許多同學依然絕不肯放過先生的課，有人由一年級就開始旁聽他的《文心雕龍》，一共聽了四年，告訴我每年都有更新更多的感受。我是來得太遲了，然而即使是短短兩年的接觸，也使我不致後悔當初選擇了中國文學系。

伍先生愛六朝文學，也常讀英文小說。他常說外國書籍是營養，只要你別患消化不良。其實「維彼青青柏，下有團團墓。此中可永安，未卜何時去」。就遠比用杯子量自己的生命好。「花落易感心，葉落感為淺」，味道的濃厚好過甚麼月是最殘酷的月份。他常告訴我們詩文意思要新穎，但不要古怪。新穎是創造，古怪是媚俗。新文學的作家，伍先生只提過兩個人，不提的是他老人家覺得無提及的價值。一個是魯迅，一個是錢鍾書。這兩人國學的底子都很好，而伍先生特別喜歡錢鍾書的聰明。錢氏的著作《圍城》和《談藝錄》，珠玉紛陳，充滿智慧，但正因為太炫示聰明，遂帶幾分鬆散之感。

伍先生一生心血都在詩稿上，寫得很多，發表過的卻很少。伍子胥說：

「吾日暮途遠，吾故倒行而逆施之。」伍先生的詩就叫作《暮遠樓詩》，聽起來叫你覺得蒼涼茫然。先生去世之後，一直聽說要整理先生的詩稿為他出集子，不知為何拖延至今。近年高等學校裏的風尚，著作越多越夠斤両，表示你學問越大，資格越老。於是終朝點綴，分夜呻吟，湊夠了好拿去出版。作者自己當然覺得寫得好，別人也笑嘻嘻說是佳作。這種熱鬧，伍先生是不必看了。

最近有朋友從日本來信，說東京有一位六十高齡的學者，喜搜求古書佳本，難得的書都自己用心抄錄裝訂。現在抄的，就是散見於刊物上的伍俶教授的《暮遠樓詩》。

《明報》「自由談」一九六八年

伍俶（一八九六——一九六六）

《君實畫小晏詞意》（私人藏）

畫裏佳人畫外師
當年無感落花時
不然為寫詞家意
獨取雙飛燕子辭
君實畫小晏詞意
伍俶敬題

伍俶字叔儻，浙江溫州瑞安人。早年師從劉師培、黃侃。歷任上海聖約翰大學、中山大學、台灣大學、日本東京大學、香港中文大學等學府教授，極為學術界推崇。精研六朝文學，尤擅五言古詩，優美高逸，意在言外，不應只從字面上求解。

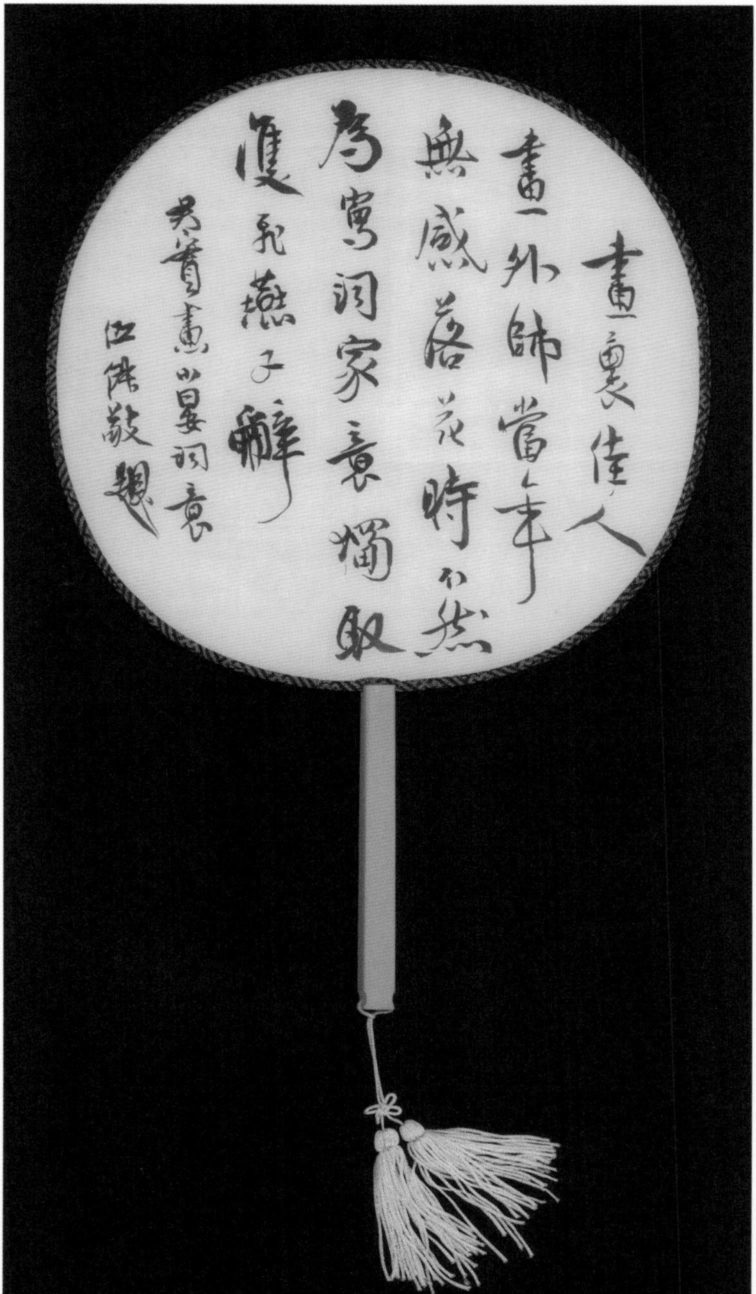
畫裏佳人
畫外師當年
無感落花時不然
為寫詞家意獨取
雙飛燕子辭
天賓畫以晏詞意
江洪敬題

寂寂竟何待

復活節，雖然是又灰暗又瑟索的復活節，但那確實是復活了。死去的又重甦醒過來，沉醉的也不再沉醉。至於醒來以後又怎麼樣，耶穌沒有說——或者說過，而我早已忘卻。

我穿上外衣，從枕下把那封信摸出來，放進袋裏。媽媽說天氣很冷傷風沒好，又去哪裏。但我還是走了出來，買了半打玫瑰。車子把我帶到那個地方——生命在我復活也在我，神說，信我的人，雖然死了也復活。

吳教授就在那個地方。那個吳教授留一撮小鬍子像個差利。常說「小孩子很聰明很可愛」，上完課叫我們一塊兒坐他車子回市區的那個吳教授。墳地上冷冷清清，風吹在石碑上，刻一個人的名字，鑄一首首詩，記許多欲遺忘而難於遺忘的舊事。

我插好玫瑰，坐在白石上看下面一層一層的墓地。墳上大都有花，顏色新鮮得和長在泥土時沒有甚麼分別，明天會不會凋謝就沒有人知道了。S的信在我的衣袋裏。受難節那天我收到他的信，而今天是復活節。風依舊吹着，並不見得比平常寒冷些。那時我們常常在有風的晚上走路，穿過曲曲彎彎的大街小巷，走到吳教授的門口。吳教授站在露台上帶一臉微笑，說青春太美他自己太老。

可是吳教授已經不再站在露台上了，坐巴士經過他的門口我發覺窗簾已改了顏色。出殯那天是熱鬧的七月下午，兒子、媳婦、校長、同事……但今天是復活節，冷清而灰暗，只有六朵寂寞的玫瑰——雖然人人都說過永不忘記，永遠懷念。

我不知道為甚麼要把S的信帶來，他也說過永不忘記永遠懷念。從他的懷中抬起頭我總看見他俯望的眼，深遠得叫我望不見他的思維。如果他是海，我只是孤舟一葉。他輕易地覆我輕易地載我，一旦沉舟沒水我甚至抓不到一根茅草稍作安慰。

真願意忘記那突然掛起五號風球的九月，巴士的長龍使人煩倦。他說我用的士送你回去吧，我說不要不要，因為索價太昂了。於是我們在風雨中由尖沙咀走到九龍城，那樣快活，那樣興高采烈。我的雨傘被吹翻了，而他卻沿着濕滑的馬路追他的帽子。哈哈大笑使我吞下許多雨水。只怕再不會有這樣可愛的時刻，即使再有一次颱風，再一次攜手同行，快樂是流水轉眼流過。

我伏在墓碑上，我走到這兒就為了找一個地方不讓別人看見我的軟弱。春天為甚麼消失得這樣快，我還來不及細賞桃花，一刹間杜鵑已開，又落滿一地。最怕看樹葉間漏下來陽光的小點，白白黑黑幻作熟識的面龐，移近又復去遠。

終有一日我也會有一個墳墓，不知那會是一個陰沉的日子還是霾天。但願S能間或地到我的墳上來，讓我看看他的容顏有沒有改變。記得很清楚的是風把他的領帶吹到肩膊上的姿態，他迎風而立，背後的楊柳何等輕軟。

我灑濕你的墓碑，吳教授你不要難過。寂寞的時候你一定盼望能再站在昔日的露台，正如痛苦的人常渴求在天堂的暗角小坐。S一定是別有苦衷才給我寫那麼傷心的信，不是說過永不忘記，永遠懷念麼？

《中國學生周報》一九六八年

京都隨筆

銀杏楓竹

初到京都，正是銀杏葉飄墜的季節。小小的銀杏葉宛如可愛的扇兒，經了秋霜，全變成嫩嫩的黃色，即使無風的日子也不斷飄落，何況是秋風蕭索的傍晚。遠處望去，彷彿一片亂飛的黃花，隨風舒捲然後鋪滿一地。黃山谷詩：「霜林收鴨腳。」把黃黃的鴨蹼平鋪在地上，也真容易被誤作是銀杏葉吧。但我總覺得它像扇子更多。第一次看見銀杏葉，我還在香港，朋友把它夾在信裏寄來，說：「送君涼飆，以解勞結。」從此每見銀杏葉就想到扇兒，成了很自然的事。

銀杏葉也真落得快，剛把一夜的積葉掃成小丘，還來不及搬走，新的墜葉又已紛紛如雨。從變黃的那天開始，只要天氣一寒，十天八天就零落淨盡，只留下禿枝無可奈何地撐向天空。入了冬，修樹工人把樹枝全砍下來，於是風姿綽約的一株樹，一剎間如遲暮的美人又再被砍肩膊，使人好不惆悵。

銀杏葉落盡，楓葉也就紅遍。比二月花還要鮮艷的楓，卻繁茂得令人厭倦。幸而紅色中層次分明，從黃中稍帶淺紅、朱紅，到紅得簡直是一團火，濃濃淡淡散亂在山野裏。春賞櫻花，秋簪紅葉，日本人舉國上下都有這份狂熱。七八十歲的老太婆與六七歲的小孩，也夾在熱鬧的人叢中，爬幾百級石階往山頂，回來時衣襟鬢角紅楓搖曳。吃楓葉的小檔擺滿高雄山路，把葉子沾了麵粉和糖，用油炸香了，竟然算是名產。煮鶴焚琴，煞了風景還偏要說是風雅。

小巧的楓葉最精緻，彷彿把紅玻璃紙剪作六角的小星星，一顆顆貼在枝椏上，透過去可以望見淡淡的斜陽。在高雄神護寺的一個角落，水涓涓自石隙流下，匯作清澈的小池塘，照得見人的眉目也看得見池底沉墜的楓

秋日楓林

葉。池上蔭着纖小的楓枝，片片丹葉由樹間飄下。如果不是葉子在水上輕移，簡直不能發覺池水的流動。

然而高雄山還有令人着迷的清溪，溪上架起許多木台，離水面只矮矮的一兩寸，沒有欄杆，鋪着榻榻米。坐在上面吃酒喝茶，抬頭是紅葉如霞的高山，遠望是紆迴無盡的流水，那風味直是臨流賦詩的魏晉時代，該想起水上浮杯的蘭亭修禊吧。日本人喝了酒，就拍着手唱歌，一人帶起，立刻數人相和，呼呼嗬嗬，聲調又蒼涼又悲壯。遠處隱約有老婦人沙啞的聲音，間或呀呀地吆喝兩三下，仔細一聽，竟然是烏鴉——人的心在這一剎簡直絕望得將要融化。

看竹卻得往嵯峨野。在故鄉或香港，竹子也並不太希罕。然而印象中的竹塵土盈條，枝幹上斑斑駁駁刻滿遊人劣拙無聊的題字。嵯峨野的竹林卻使人真正地聯想到碧玉。比記憶中任何竹林都更高更大，卻依然透明青嫩。竹葉遠遠掛在樹梢上，要抬起脖子去仰望。於是驚喜地發覺那竟然不是葉，只是青翠的煙霞，被晚風吹散了又緩緩凝聚。

清晨或黃昏，躑躅在京都的古典而寧靜的小巷，竹子從人家院落裏斜斜地伸出來，潤了露水，晶瑩光亮。那是另一種幼小的竹，葉子在節間一簇簇地生長。即使並不富有的人家，一樣有着精雅的庭院，只要有小小的兩平方呎泥地，竹葉也一樣青翠。但這份閒情也只能見於古老的京都，東京神戶和大阪是很少了。

三千院

青蒼的是苔，深厚濃密鋪滿庭院。苔中間零星地綴幾塊白石，青白相映，是有意造成的圖案。高大的楓樹密密擋住了陽光，彷彿紅霞盤繞着樹頂。有流水的聲音，卻找不到溪流的蹤跡。

綠苔延蔓到石欄旁，失了前路，便全都爬到佛殿前的杉樹上。青青的樹影蔭擁着青青的苔，一片清涼與寧靜，極樂院後柿樹的葉子全落盡了，只留下纍纍的果實，金星一樣懸滿枝椏。日本人寧願把秋梨紅柿留作庭院的裝飾，沒有人摘它，任由它飽餵飛鳥，然後熟透萎墜。

此刻沒有蝴蝶，蝴蝶早已老去。摸摸大殿的欄杆，冰涼透進心裏。安寧深杳的三千院，令人有久居的渴望，佛殿裏立着高大的觀世音，右手支頤，俯視塵世。塑像造於一二四六年，因為她大慈大悲，所以數百年來被眾生膜拜。然而我想她其實能力有限，幾百年的歲月還除不盡人世的悲哀，所以至今才會有這麼多人不斷來向她懇求，祈望藉虔誠改變坎坷的命運。

走出三千院，小小的月亮已爬上殿角，朦朦朧朧還衝不破落日的霞靄。入夜，當喧噪的飛鳥已找到安息的家，當北風吹盡了落霞，那時就只剩下這嬌小的月亮，冷冷地在空中懸掛吧？

比叡山

坐吊車往比叡山，京都就在腳下，我去的時候，楓葉早已凋謝。只有蒼冷的松杉蓋滿山坡，蘆葦茸茸密密長在山腰裏，綻着米白色的蘆花，被風一吹，就遠遠飛去。飛葦該生長在水邊，但這也許是另一種類。

從斜坡轉過山間，路旁指示牌繪着活潑的猴子，三幾隻小猴已經出現了。再前往，竟全是猴子的世界。從山間的岩石到路的正中，皮球一樣彈滿一地。細長柔軟的手掌，紅色的屁股。猴媽媽們四腳支地，小猴不坐在背上，卻蹲在母親屁股的末端，剝她們遞來的果子。母猴就這樣負着孩子東奔西鑽，搶遊客拋來的食物。跑得那麼快，孩子在背上坐搖籃一樣地搖盪，竟然不摔下，看得人又失笑又驚訝。

山路左側可以眺望清麗的琵琶湖。童年印象中的越秀湖早已不留痕跡，我此刻才算真正看到了湖水。小海一樣廣闊的琵琶湖，水與天之間幾乎沒有界限。日華搖動，風光飄浮。潯陽湖畔有琵琶子的哀嘆，琵琶曲中有可怕的十面埋伏，而眼前則是蕩蕩無際的琵琶湖——我的心忽然戰悸了。我無端地想起了龐統的落鳳坡。來遊比叡山，何嘗不是強為行樂的心情中，求一息的解脱。「寄言罻羅者，寥廓已高翔。」詩人謝朓結果又何能逃脱被網羅的命運。琵琶湖水皎潔清瑩，也許只有沒入杳杳的煙波之中，才是真正快樂的時候。

除夕

除夕之夜，氣溫突然降至零下二度。雪還沒有飄下，風已鋭於刀劍。人潮卻還是不絕地湧往廟堂，拜神求籤，祈求一年的好運。

深夜十一時許，我來到真如堂。森森的松柏擁着古老的神院，寺內外燈火通明。穿和服的日本姑娘，戴兩鬢絨花與銀釵，婀婀娜娜拾級而來，風生兩袖。

真如堂懸着一口巨鐘，因年歲的侵蝕透着銅綠。每個晨昏，寺僧撞擊厚重的鐘身，聲音被於遠近。鐘前的兩爐神火此刻已熊熊地燃燒起來了，年輕的男女們踮着腳跟，伸長雙臂在火上烤那雙早已凍紅的手。

將近十二時，僧人穿過寺門，並立在古鐘之下。風自樹間瀉落，拂起了薄薄的袈裟。十二點，緩慢沉重的鐘聲響起了第一下。

於是整個山間，松樹間，殿廊與殿廊之間，鐘聲像波濤一樣迴盪了。當餘音將沉，繞而未散，第二下就緊接而來，深深地敲進心底裏。

它將會敲一百零八下。「人世間」，慈悲的佛說：「煩惱一百零八種。」每敲一下將消去世上的一種煩憂，這煩憂與生俱來，隨着心智的增長而日益擴大。

請為我多敲一下，恐怕我的煩憂不在一百零八之內。

買一根草繩，在神火前燃着了，拿在手裏，一邊走一邊晃圈圈吧。那是使人轉運的光圈，一直晃着回到家門，好運就隨着光圈來到你的家裏了。

《明報月刊》一九六九年

沒寄出的信

沒有寄出的信，與沒有寫完的文章，常塞滿我的抽屜。文章寫不完，是因為缺乏靈感；信不寄，卻是當時的靈感太豐富了。那一剎的衝動，常使自己寫下許多無聊的話，然後停筆細思，這些話也許使彼此的交情留下難堪的痛傷，或者使一個自己並不怎麼喜歡的男孩，無端作過多的夢想。這一念的慈悲使我順手把它丟進抽屜。到那麼一天，收拾起來，重新勾起許多惆悵。人最好是白癡，活在無嗔無欲的世界裏。而我卻對這些無聊的信眷戀不休，天國離我真是太遙遠了。

七零年三月東京

Y：

這是除夕，我坐在新橋的一間咖啡店裏。希望你記得新橋，我們那晚狂歌縱酒的地方。你何時再來？到時又將是怎樣的情景？大約你不久就會結婚，婚後，在某種情況下，某些心情中，寂寞與不能完全被了解的痛苦，間或總會煩擾你。那時你或會吸着煙，苦澀地回想你的初戀，你在歐洲那位已婚的女友，以及許多曾飄過你心中的女孩。你會想起我麼？我是常想到你的，然而所得只是惘然。如果我們從前能互相了解得多些，命運是否會有所改變？——但也許因為我們了解得太少，交情才能保持至如今？——機場別後，頗覺黯然。你說要結束浪漫的戀愛，找一個人結婚安定下來了，這話使我覺得很悲哀。說這種話的人，心理上有點老態了。你為甚麼要老呢？我只希望你有稱心的戀愛。幾乎每個人都結婚，但真正有愛與被愛的，恐怕太少太少了。

我一切很好，如你所見到的：我比以前活潑多了。長大了而竟然活潑了，這大約是很好的現象罷。祝你有快樂的新年，而且不必回信給我。

S：

睡在榻榻米上，看天花板的木紋，一圈圈全可以化作你的臉。你走之後，隔壁的老太婆天天給我送菓點，大約怕我餓壞了。剛才吃了她的牛奶莓子，肚子一直隱隱作痛。我想，如果我突然霍亂死掉了，那怎麼辦呢。你不在身邊，死一定是非常可怕的事。

這幾天心裏很灰，獨自一個，飯都不高興燒。為甚麼總是樂少愁多，相聚時要鬥氣，分別後要懸念。兩隻刺蝟的譬喻是否已太陳舊？但卻只有這譬喻最貼切。我很擔心你跟着一些不大正經的人，學壞了。但願你記得我為誰飄零奔波，也記得自己為甚麼嘗盡愁苦。書至此早已淚珠盈睫。有時我想，倘若我在剛開始戀愛時突然死去，生命是否比現在完滿些。然而如果我能再次投生，也許還是選擇同樣的路。命運固然支配着人，性格卻更能決定人的一生，即使脫胎換骨，恐怕還保留原來的本質。蘭子說很羨慕我們。在如此困蹇的境遇中，依然值得別人羨慕，造物實在不算太冷薄。這兩天我在學結毛線帽子，你知道我素來不喜歡弄這些東西，但如果你能包着耳朵，也許不致常常着涼。我選了藍灰色，大約你會歡喜。

謝謝你夾在信裏的黃花，但願你回來時，它的顏色依然鮮嫩。連日來風吹細雨，陰寒不定，望小心保重，免我掛念。

B：

我剛從雪中回來，想不到晴朗的午後，雪卻來得如此突然，一下子落了滿襟滿髮。從車站走回家，得經過幾條幽曲的小巷，和一個種滿松樹的斜坡。這一帶在平日已足流連，何況被北風攪起漫天飛雪。這是我回日本後享受到最快意的一個雪天，真願意一輩子都走這樣飛雪迷濛的路。本來我想寫信給K，告訴他我怎樣在雪中閒蕩直至黃昏。然而他近來卻音信杳然。我想人的交情大約也像一場雪，突然來了，又突然融掉了。即使氣象台也有預測錯誤的時候，何況是人，而且沒有處世的經驗。

關於詩的問題，見解不同，其實不必急於求結論。不過我說某人詩有風度，並非說他人有風度。詩文的風度，往往見於字句情韻中的瀟灑舒卷。來信引屈大均「悲落葉，葉落絕歸期。縱使歸來花滿樹，新枝不是舊時枝，且逐水流遲」。認為境界幽遠。這一點牽涉到詩詞境界分別的問題，彷彿又在考學位試了。然而單就詞而言，我還是不喜歡這樣的句子，意思全浮泛在表面。我寧願要「蓮子已成荷葉老，清露洗蘋花汀草」（李易安）。當然我不能說這個境界高，那個境界低。人的感受不同，喜愛各異。譬如「疏影橫斜水清淺，暗香浮動月黃昏」，算是千古名句，我卻總嫌它搔首弄姿，滿身小家子氣，而且說得太多了，竟不留一絲半點讓我咀嚼回味。也許你讀過東坡的紅梅，「怕愁貪睡獨開遲，自恐冰容不入時，故作小桃紅杏色，尚餘枯瘦雪霸姿。寒心未肯隨春態，酒暈無端上玉肌。詩老不知梅格在，更看綠葉與青枝。」我真喜歡這首詩，如果梅花也有精靈，一定就是這種矜才使氣的樣子。我說這樣的詩有風度有性格，希望你明白我不是指東坡本人，雖然這風度性格還是屬於東坡的。

說起梅花，此刻正是梅的季節。在香港只看過一次花瓶中的臘梅，萎靡伶仃，殊無姿致。深覺古人愛梅，大約只是附庸風雅。近來到過幾個梅林，才領略到幽芳的情味。世上雖無不美的花，但都不如梅花雅淨。最愛白梅，襯着胭脂色的紅萼，窗前不遠就有一株，陋巷貧居，慰我多少岑寂。我素有擷花的癖好，對梅花卻不忍下手，林下徘徊，每自傷塵濁。而林和靖卻褻以為妻，我對他真是加倍的不高興。

雜誌不見寄來，想是困難多多，雖九死其猶未悔耶？希望真能出版。

祝近安。

C：

兩月來三易其居，你寄來的信跑了個大圈，前日方才收到。對我的責備，全都拜受。然而我的志向並不如你所想像的高超，作家要跑在時代之前，我的生活中卻只有感情，沒有時代。縱喜歡嬉皮的放浪形骸，願意披着破毡子跟他們一起吸大麻，但我並不屬於這「嬉皮的時代」，我寧願屬於夢裏的蝴蝶。拍案而起的衝動，近來彷佛沒有了，因為「起」來之後，往往無所適從，冷落孤零，倍增悲切。尋求、厭倦，再尋求、再厭倦，結果自己要尋的是甚麼，也不甚了了，大概我的金色蛇夜已漸逼近，雖然較之印蒂的年齡，我是太早了一點。

至於我個人的事，沒有甚麼可以再說。年前作詩，嘗有「閒暇喜高遊，有意尋荊棘」之語，有意尋荊棘五字，可作我一切行為的註解。諒解與否全看友誼，道德經免勞再唸。

祈珍重。

《明報月刊》一九七零年

吳湖帆（一八九四—一九六八）

《梅竹雙清圖》（私人藏）

算平生、此段幽奇，占壓百花曾獨。吳履齋和白石《疏影》句。戊辰（一九二八）歲朝試筆，仿揚逃禪法。吳湖帆。

庚辰（一九四零）正月，偉士我兄出示故鄉劫餘。此圖為十二年前舊作。人既衰頹，畫亦失神矣。因重潤色，添綴竹枝補空。倩菴並題。

吳湖帆初名翼燕，又名倩，別署丑簃，號倩庵，江蘇蘇州人。其祖吳大澂（一八三五—一九零二）為晚清名臣，府中收藏甚富。吳湖帆書畫皆精，擅賞鑒，又能譜詞，是近代海派名家。

畫上繪梅花一株，自題「仿揚逃禪法」。南宋畫家揚无咎（一零九七—一一六九），又名揚補之，號逃禪老人，擅繪梅花。所繪《四梅圖》現藏於北京故宮博物院。吳履齋乃南宋詩人吳潛，畫上所題，是其和姜白石《疏影》詞中之句。

庚辰正月
偉士我兄出示故鄉叔餘此畫為十二
年前舊作人既衰頹畫亦失神矣因
重潤色添綴竹枝補空 倩菴并題
詠平生此段幽奇占壓百花曾獨
吳履齋和白石疏影句
戊辰歲朝試筆仿揚逃禪法 吳湖帆

芬芳小記

櫻花

說起日本，自然就要想到櫻花，密切得如同人跟自己的影子。常是過了最後一場雪，山野間剛開始徘徊着幾縷若無若有的薰風，花就開了，總比其他花木早報春的信息。似乎昨天還是小小的蓓蕾，一夜間突然燦若雲錦。在水邊、在山坡、在人家的庭院，鬧烘烘地映着春陽，活潑新鮮，溢滿初生的喜悅。山櫻、吉野櫻、重重疊疊的八重櫻……粉白輕紅，滿眼夕陽映雪的顏色。最愛垂櫻，枝柯舒伸，周圓逾丈，細密的花串，由樹頂搖搖曳曳地垂落，恰如柳蔭，只是換作淺淡的紫紅，稍有微風，便是一片霞靄在飄飄漾漾。總覺得那是環珮珊珊，有佳人正由雲端冉冉而降。

可是櫻花開得早，也落得快。彷彿從開花的一瞬始，便也是落花的時候，一片兩片，在空中悠揚。若一經風雨，立刻便滿目淒迷，花瓣簌簌亂落，均勻了春風，飛起了漫天的蝴蝶，留也留不住，抓也抓不回。逢到月夜，四周冷浸了清明的月光，落花無聲無息地在澄輝裏浮游，清晨起來，才發覺已深深積滿庭院。過得幾天，枝頭便只餘下競生的新葉，數日前的熱鬧繁榮，早無復記憶了。

墨江潑綠水微波
萬花掩映江之陀
傾城看花奈花何
（黃遵憲《櫻花歌》句）

年年歲歲，花固然相似，人大約也並非完全不同。人群總愛傍着清溪，席地設酒，圍坐於花蔭之下。抬眼望澹澹的春山，山頂殘留着輕微的積雪。

遠近清淺的溪流，把一片春陽的暖色反射上花林，花林卻向水面倒照出濃濃淡淡的花影。無數穿和服的娟楚腰肢，往往來來，分碎了花影的平靜。

漸近黃昏，林間到處是清冷的啁啾。粉白色的飛花之上，盤亙着萬千點匆忙的歸鳥，再往上則是濕濡的墨雲，分不清是雨是霧是煙霞，慢慢籠住了山頂。因為隔着一層浪盪的落花，鳥群與霧與山，彷彿全部在微波中飄漾。使人想起三月，江南的水鄉，枕着小舟，看春山在枕畔一起一伏地流過。而醉客的悲歌，也開始在陰黑的花林中，斷斷續續地響起來了。

春雨樓頭尺八簫
何時歸看浙江潮
芒鞋破鉢無人識
踏過櫻花第幾橋

（蘇曼殊《本事詩》之一）

我在一群日本朋友之中，舉酒酹江，揮灑談笑。偶一低頭，清楚看見一群小魚，正吸吮我落在波心的影子。微微的雨絲，在水面叮咚起無數個小圓圈。

牡丹

我對牡丹從無好感，大約因為那是所謂富貴之花，而說起富貴使人想到俗氣。雖然近來年事漸長，知道富貴的重要了，對牡丹卻還是淡然。品花隨世運，先唐未有詩，所謂富貴之花，只因為受過皇家的恩眷。其實我並不曾見過牡丹，只是從茶樓酒肆裏懸掛的所謂國畫，以及聖誕卡日曆牌上的幾堆顏色，所得來的印象罷了。因此以為蘭花被譽為天香倒無可譏彈，牡丹之為國色，實在百思不得其解。

這忿忿是一直到看過一張惲南田的牡丹，才開始改變的。圖中牡丹共四枝，紅白紫黃，分別寫正面，側面，迎風，低垂四種姿態。其中一朵含苞，一朵半吐，餘兩枝卻燦麗鮮妍，密密層層的花瓣，寫得厚重渾圓，彷彿只要摸一下，便能觸到那柔膩。最動人的是低垂的紅牡丹，酒醉不勝情，嬌慵得等着人去攙扶的模樣。

這使我良久悵然，覺得非看一次真正的牡丹不可了。

去年五月，就為此特別坐車往長谷寺。剛踏進山門，心都迷醉了。長長的石階廊由山腳一級級通往山上，牡丹就植在長廊的兩旁，約有數百株，斑斕絢艷滿佈山坡，加上扶疏的綠葉，由石階向上望，就是一片直貫雲霄的虹彩。千百朵碩大豐潤的鮮花迎風挺立，俊朗高瞻，一派君王的氣象。大紅和粉紅色的最多，其間夾雜着如雪如玉的白牡丹，幾樹鵝黃，鮮嫩得像剛塗上顏色，還濡留着未乾的水氣。添了夕陽，重重花瓣都泛溢着耀目的金光。帶幾分幽怨的紫牡丹，卻悄立在長廊的盡頭，襯着苔痕斑駁的古松，那哀戚越顯得幽冷凝重。怪不得說姚黃魏紫一朵千錢，而紫牡丹更常是千金難買！

我忽然想：茶樓酒肆間及聖誕卡上的牡丹，並非寫不出其形，只是麗而不清；亦非寫不出其色，卻是濃而枯滯。牡丹自有她的雍容，豈是暴發戶似的巨紅慘綠？「意態由來畫不成，當時枉殺毛延壽！」誤於庸工而含恨以終的，又何止王嬙與牡丹呢。

水仙

每逢過年，許多人都愛養一盆水仙，供在桌子上，借那縷縷清香，點綴新春的喜悅。其實案頭上的水仙，大都平平無奇，不過幼長的葉子，加上淡黃的小花罷了。所謂凌波仙子的韻味，是一點也無法領略的。看水仙該如趙子固筆下的長卷，臨水迎風，連亙數里。在江南的鄉村，這是常見的景象吧。連隔着山坡的人家，也能呼吸那清甜的香氣。

人們總愛讚美蓮花，出污泥而不染，其實種蓮花多在池塘，水也並不太污穢。只有野生的水仙，堆塞在淤水爛泥之中，卻仍是一片碧綠，晶瑩的小花不帶纖塵，拔起莖來，也皎潔如玉。在日本四國的淡路島，水仙特多，大都長在海邊濕地上，鹹水酸風，冬寒未退，草木愈覺稀少，便是附近的零星小樹，也因長年對抗着海風，枝葉全傾斜地生長。偏偏就有連綿不絕的水仙，愈冷愈驕，開得絢爛。

我在淡路島留了一夜，專為看水仙。太陽早已落山，天畔疏疏落落幾個小星星。水仙的花葉在星光下極不分明，只像一叢叢野草，在晚風中搖曳。只有濃郁的芳香，散落在濛濛的水氣裏。

風很大，也極寒冷，吹趕着天上的黑雲。雲的顏色越來越淡，水仙的花葉便越來越清晰，先是尖巧的葉子，一根根呈露了出來，然後可以看見影影綽綽的花蕾，漸漸終至能清楚數出一小叢花朵的數目了。細碎的花影，玲瓏地投在石壁上，水間的倒影也剔透如生。於是一朵水仙便幻成四朵——花的本身，水中的倒照，石壁上的花影，花影在水中的倒影——交縱錯疊，搖擺不定。柔淡的銀光流泛在花葉與水色中，偶一抬頭，才發覺不知何時，皎皎的明月已升至天心，孤冷冷不沾半絲雲色。如果月明如鏡，月中便該照出四層重疊的水仙。如果水平如鏡，水中便該倒照出月鏡裏的四重花影。影落鏡中，鏡又生影，若幻若真，便至無窮……我忽然哈哈一笑，從石上站起來，拂去身上的泥土。我的影子落在水中，水中的影子在我心底。於是我施施然走下海堤，朗聲吟誦起黃山谷的詩句了：

凌波仙子生塵襪
水上輕盈步微月
是誰招此斷腸魂
種作寒花寄愁絕
含香體素欲傾城
山礬是弟梅是兄
坐對真成被花惱
出門一笑大江橫

《明報月刊》一九七二年

惲壽平（一六三三—一六九零）

《牡丹圖》（私人藏）

惲壽平原名格，字正叔，號南田，別號雲溪外史、白雲外史等。明末清初著名的書畫家，與王時敏、王鑒、王翬、王原祁及吳歷合稱為「清初六家」。他落筆清新，品格秀逸，在六家中自成格局。畫山水則冷澹幽雋、繪花卉則活色生香，而又明麗雅淨，書法亦飄逸出塵。

玉樓金粉艷朝霞不數當年姚魏家肯放
春風容易過枝枝齊護碧蓬紗
橅北宋徐崇嗣沒骨圖 南田惲壽平

三笑之外

近來翻看一些明人集子，竟非常傾慕着唐寅。我本來就很喜歡他的畫，那清靈的氣質，與秀潤的筆法，別具雅逸風流的韻味。對他的生平，則除了「三笑」的傳說，其他都很茫然，想不到他是那麼一個情性中人。唐寅的出身，是個「穿土擊革，纏雞握雉，參雜輿隸屠販之中」的小市民，然而他早熟的天才，晶熚光華，一直驚人耳目。文徵明的父親文林、大學者吳寬、梁儲都極激賞他的才華，廣為延譽。他是弘治十一年應天府試的榜首，次年會試，卻因隣郡友人徐經通賄考官，牽連被罪，黜為浙藩椽吏，唐伯虎恥而不就，回到蘇州，此後再沒有出頭的機會。

唐寅的性格，像大多數的文人，帶幾分輕薄疏狂，風流自賞。文徵明有《簡子畏（唐寅）》一詩，極可看出他的為人：

落魄迂疎不事家
郎君性氣屬豪華
高樓大叫秋觴月
深幄微酣夜擁花
坐令端人疑阮籍
未宜文士目劉叉
只應郡郭聲名在
門外時停長者車

又有《月夜登南樓有懷唐子畏》：

曲欄風露夜醒然

彩月西流萬樹煙
人語漸微孤笛起
玉郎何處擁嬋娟

把他的浪漫風流，描寫得淋漓盡致。而唐寅自己也並不諱言，他有《瞥見娉婷》一詩，書於扇面上，活生生是個登徒子的自述：

杏花蕭寺日斜時
瞥見娉婷軟玉枝
撮得繡鞋尖下土
搓成丸藥救相思

因為只是「瞥見」，無法通傳款曲，只好把佳人踩過的泥土搓成丸子，是否真的吞下肚子裏，不得而知，就艷詩而言，倒是輕清可喜的。

唐寅的父親是個商人，卻一心希望兒子能進入仕途，因而對之督促頗嚴。墓誌銘說唐寅「幼讀書，不識門外街陌，其中屹屹有一日千里氣，不或友一人。」看他早年的詩文，全是六朝的根底。然而唐父早死，以唐寅野馬般的性情，如何能日夜閉門讀書，所以他做不成學者，卻是個標準的文人藝術家。與文徵明、祝枝山、張靈、徐禎卿等，形成一個文士圈，幾杯酒，幾卷書，常使他們歡愉竟日。文徵明在《飲子畏小樓》詩中說：

君家在皐橋
諠閴井市區
何以掩市聲
充樓古今書
左陳四五冊

右傾兩三壺
我飲良有限
伴子聊相娛

唐寅非常健談，又諳佛理，間或與寺僧談禪，機鋒相對，終日不倦。從廿八歲中鄉試第一，到廿九歲會試被黜，困於牢獄，「身貫三木，吏卒如虎，舉頭搶地，洟泗橫集」，受盡了身心的磨折，短短兩年之中，經歷了他一生中最榮耀與最慘毒的兩極。此後漫長的歲月裏，一向軒昂自負的唐寅，深陷在困苦恥辱之中，世俗的毀謗，旁人的冷眼，呈現着人世辛酸的一面。他曾寫信給文徵明，形容那種無可忍受的艱苦：

下流難處，惡惡所歸。織絲成網羅，狼眾乃食人……
海內遂以寅為不齒之士，仍拳張膽，若赴仇敵，知與不知，畢指而唾，辱亦甚矣……眉目改觀，慚色滿面，衣焦不可伸，履缺不可納。僮奴摞案，夫妻反目，舊有獰狗，當門而噬。反視室中，甂甌破缺，衣履之外，微有長物……寄口浮屠，日願一餐，蓋不謀其夕也。

《與文徵明書》

文人筆墨，難免有所誇張，但人言可畏，這是不難想像的。此時他曾四出遠遊，獨邁祝融、匡廬、天台、武夷等地。回家不久即得病，似乎病了相當時日。文徵明寫給他的詩，充滿了同情悲憫：

皐橋南畔唐居士
一榻秋風擁病眠
用世已銷橫槊氣

謀身未辦買山錢
鏡中顧影鸞空舞
櫪下長鳴驥自憐
正是憶君無奈冷
蕭然寒雨落窗前
（《夜坐聞雨有懷子畏次韻奉簡》）

可是唐寅畢竟是個任性妄為的人，命運困頓並不曾使他稍為收斂，他依然是「每以口過忤貴介，每以好飲遭鳩罰，每以聲色花鳥觸罪戾。」這使他樹立了不少敵人，甚至受到朋友的猜忌。科場被黜，固然因他胸無城府，賦性輕浮，亦是朋友交惡的結果。《列朝詩集小傳》云：「都穆少與唐寅交，最莫逆。寅鎖院得禍，穆實發其事。」

此說最早見於《石湖記事》，初傳出者為文徵明，似乎相當可信。而唐寅自己也說：「朋友有相忌名盛者，排而陷之。」《與文徵明書》文人相輕，本來就很常見。以唐寅早年成名之速，聲譽之高，受妒也是必然的現象。在《席上贈王履吉》一詩中，他激動得幾乎是大聲疾呼了：

我觀古昔之英雄
慷慨然諾杯酒中
義重生輕死知己
所以與人成大功
我觀今日之才彥
交不以心惟以面
面前斟酒酒未寒
面未變時心已變

這噴薄的文字，必然是深有所指的。祝枝山在唐寅死後，寫了好幾首輓詩，辭語非常憤慨沉痛，結句云：

高才賸買紅塵妒

身後猶聞樂禍人

則唐寅生前所遭遇的冷酷，也就可以想見了。

在他生命的晚期，唐寅受着貧病的煎熬，生活非常寂寞，常獨坐小樓之中，翻閱古書，看窗外鬧市的行人，蒼茫的落日。時有求畫的人來找他，他亦以賣畫所得應付生活，有「閒來就寫青山賣，不使人間作孽錢」之語。只有當好友如王寵、祝允明等攜酒過訪，暢論古今，商研文字，又使他重又興奮起來，稍復那種「長袖驕紅燭，飛花灑白袍」的瀟灑，與「仰天擊劍呼嗚嗚，男兒落魄日月徂，相與把臂揮金壺」的豪邁。（並見王寵《雅宜山人集》）在晚年所作《西州話舊圖》上的自題詩，恰是他一生作為的簡單寫照：

醉舞狂歌五十年
花中行樂月中眠
漫勞海內傳名字
誰信腰間沒酒錢
書本自慚稱學者
眾人疑道是神仙
些須做得工夫處
不損胸前一片天

無論處身於任何境地中，唐寅總有他的本色，也從未間斷詩畫的創作。

他的文字秀發，詩格頗近俚俗，意思卻很尖新，不落陳腐甜熟。此外他又鑽研佛理、易經、音韻等學，以古代的成功人物自勵。在《與文徵明書》中，自謂要追隨在困苦屈辱中完成著作，名垂於後的賈誼、司馬遷，以合「不以人廢言」之旨，對後世的知音，充滿了自信的期望。

最近在美國紐約、堪薩斯城及西雅圖，先後舉行了一個「明中葉吳派書畫展」（Crawford Collection），其中有一封唐寅晚年的書札，是很珍貴的資料。唐寅在信中詳列自己一生的著作共七種，範圍相當廣泛：《三式揔鈐》是陰陽之學，《唐氏文選》為詩文集，《書畫手鏡》是藝術理論，《將相錄》、《史議》是史學研究，《吳中歲時記》乃風俗筆記，《時務論》為政論。這些著作，可惜現多已不存。明萬曆年間何君立刻的《唐伯虎全集》，只有詩文詞曲，另《畫譜》三卷，是輯錄前人的畫學理論，與《書畫手鏡》的名稱，似是相當吻合，未知兩書之間有無關係。信末說，希望死後朋友們能把他的著作「書於壙側」。舊日文人以著述為先，書畫不過是末技。唐寅念念不忘以文章垂名後世，但真正使他不朽的，卻是他在藝術上的成就。

民間傳說的「唐伯虎點秋香」，當然只是野史，但證之唐寅的性格，似乎亦頗有可能。秋香不是紅拂，她沒有一雙相人的慧眼，也不是卓文君，不能從琴音中領悟驚人的文采。她之歸於唐寅，全是巧合加上唐寅的荒誕。但即使這民間傳說屬實，也只不過是唐寅生命中的一小部份，永不黯淡的是他天才的光輝，這是那些「妒其名盛，排而陷之」者所無法加以損毀的。

《明報月刊》一九七五年

唐寅（一四七零——一五二四）

《秋夜讀書圖》（私人藏）

「秋夜讀書圖。正德丙寅（一五零六年）孟夏月望日，晉昌唐寅製」

唐寅借歐陽修《秋聲賦》的意境，寫成此幅《秋夜讀書圖》。歐陽修一生歷盡宦海波濤，雖得保清名，畢竟已身心俱疲，百憂感心，萬事勞形。秋風淒厲、草木凋零的景象，正是他垂暮的心境。

唐寅際遇坎坷，十五歲蘇州府試第一名，二十八歲中南京解元，卻在二十九歲時入獄，此後終身仕途無望。他作此圖時才三十六歲，卻已被憤怒、不平、怨恨折磨數年之久。但以他狂傲不羈的個性，一旦墮入官場，恐怕比歐陽修的宦途更崎嶇詭厄。福禍相依，得失難言，也許他已經清楚明白到這一點了，所以獨坐在小齋之中，不再作悲愁之嘆。他以輕鬆靈動的筆墨，描寫秋景的秀朗清寒，靜聽風聲、泉聲、樹葉搖落聲，這一刻，他的心境應該是平和而寧靜的。

秋夜讀書圖
正德丙寅孟夏月
晉昌唐寅製

風流花一時

（一九九五至一九九六年）

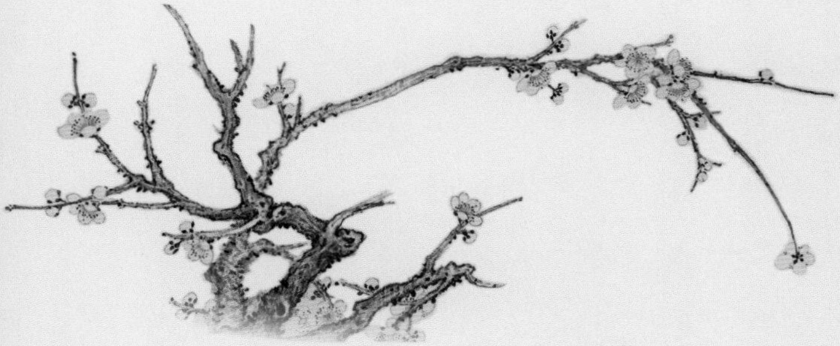

扇——風流、風情、瘋狂

賈寶玉說：「一把扇子，能值幾何！」為博晴雯一笑，整箱紙扇抬出來讓她撕，聽宣紙撕裂的清脆聲音，夏日黃昏微風流轉。

真是風情無限。撕的不知是白紙扇，還是有名人墨寶的畫扇。寶哥哥可想像不出，在二十世紀，一把名家畫扇是甚麼價錢。

工筆重彩的花卉草蟲，于非闇或劉奎齡的，動輒十多廿萬港幣，張大千、齊白石、傅抱石的山水精品就更不用說了。連從來不受注意的小名家，如陳少梅，也被搶出高價。年前北京的拍賣，百多把扇子幾乎搶購一空。拍賣官喊「八萬」，搶的人立刻大叫：「十八萬！」

咦，彷彿在玩遊戲，興高采烈，玩得瘋了。

說來可憐，一九五零年代，多少畫家以畫扇謀生，畫的甚至不是白紙扇，而是江蘇一帶外貿單位外銷的檀香扇、烏木絹扇。畫工才七角人民幣一把，也有低至三角七分的。而且還得等候分配，四處託請張羅。大有名頭的畫家如陸儼少，都曾大材小用，畫「行貨」扇子以餬口，「畫多了累死，畫少了餓死」。現在扇畫突然被搶到如此熾熱，曾經此苦的畫家們，心情恐怕一如八大山人的簽名：哭之笑之吧。

扇子也真可愛。除了畫工，還有精緻的扇骨子：象牙、紫檀木、玳瑁、紫竹……往往刻着精緻的花紋，著名的刻工，也提升了扇子的身價。

香港又流行穿真絲唐裝衫褲了。淺藕色的短衣長褲，翻出白袖口，執一把輕盈紙扇。扇子徐徐張開，奪目的一幅張大千青綠山水，四十萬港元……。

風流高格調？

台灣《藝術家》雜誌　一九九五年

扇正面張大千繪贈梅蘭芳牡丹圖扇。

扇背面吳湖帆繪贈梅蘭芳梅石圖扇。
（香港佳士得拍賣行一九九五年四月《扇畫專場》圖錄第三二八號）

散髮弄扁舟

像多數喜歡詩歌的小孩，第一次接觸詩詞都由李白開始。後來我比較迷蘇軾，一段時間泣血椎心為了李商隱。但兜了一個圈，終歸還是回到李白的詩句裏。「三十六曲水迴縈，一溪初入千花明」，何等秀美天然，單是把這樣的句子重複唸幾遍，已覺鏗鏘婉轉，滋味無窮。李白的詩丰神俊朗，音節最美，例如：

明月出天山
蒼茫雲海間
長風幾萬里
吹度玉門關

簡直令人如置身於莽莽荒原中，四面勁風吹衣，仰首浩歌，長揚而去，飄飄一種瀟灑浪蕩，無掛無牽。

在日本東京，藏有一幅《李白行吟圖》，活脱脱就是這個情貌。畫中的李白微仰着頭，一身闊大的白袍子，淡淡幾筆勾畫出超然的姿致。畫家是梁楷，宋代畫院待詔，人稱「梁風子」。「風子」與「瘋子」應該相通，大約是個怪人。皇帝賜他金帶，他把金帶掛在畫院壁上，施施然走了。李白「天子呼來不上船」的不羈，一定感染了這個「風子」，而那些出水芙蓉般天然可愛的詩句，一定也啟發了畫家的靈慧。梁楷把李白描繪得如此瀟脱超然，隱隱中恐怕是自我代入了。

其實都因為俯仰由人而並不快樂吧！人生在世不稱意，我等芸芸眾生，連散髮弄扁舟的勇氣都欠缺。

台灣《藝術家》雜誌　一九九六年

冷月葬詩魂

我那紮小腳的曾祖母，聽說懂得唸兩句「關關雎鳩，在河之洲」。她雖是個文盲，《長恨歌》也背得大半首。

中華民族真是個詩的民族，從詩經開始，每一個朝代都有名家。但，為甚麼近年來詩卻完全委靡了?實在令人不解。

不很久以前，還有許多寫新詩或舊體詩的老師、前輩和朋友，報章雜誌上也讀到余光中、瘂弦、葉維廉的作品。先不說成就如何，至少有一點真誠，無限愛戀，願意為詩歌付出許多心血。去國離鄉若干年，再回來已是人面全非，彷佛都沒有人再提起「詩」這一回事了。

不知在外國，詩是否也已式微?我近來對外國文學非常陌生，慚愧得很。

我個人喜歡古典詩詞比現代詩多，在婉轉搖曳的音節中享受着悲悲喜喜的銷魂滋味。空裏流霜不覺飛，詩人把方塊字作魔術遊戲，令你目迷五色，心搖神盪，歡欣流淚。

現代人是否再難有如此奢侈的閒情？誰家父母會鼓勵孩子做詩人，害他鬱鬱不得志，潦倒一生？

傳統畫家需要「詩書畫三絕」，恐怕也成為絕響。溥心畬與張大千以後，還有哪個畫家懂得自己寫出一首詩來？

其實寫不出詩也不要緊，畫得好也就是了。要求一個畫家把繪畫做好，做得精，做得雅，不算過份吧！

冷月已葬了詩魂。畫魂則在幽幽月色下載浮載沉。救救畫魂。

台灣《藝術家》雜誌　一九九六年

不能以移子弟

認識一位朋友，他那聰慧能幹的太太原來是王國維的孫女。呵，鼎鼎大名的學者，大學時要考他的《人間詞話》。即時起立致意，那太太卻只是溫柔地微笑：「不好意思，我可不大懂看爺爺的文章呢。」

她自小就來美國唸中學，中文雖然比許多人強，與大學者的距離還是很遠的。即使不是離鄉別國，也不一定會醉心詩詞。遺傳真是奇妙的事，有些孩子遺傳了父母的音容笑貌，卻有不同的性格與智能；幸運地把聰明智慧都承接下來，也往往發揮在不同的興趣上。「雖在父兄，不能以移子弟」，完全不受控制。

喜歡音樂的傅雷，兒子成為舉世知名的鋼琴家。做不成畫家的艾青，由兒子艾軒完成心願，這種皆大歡喜的例子，畢竟不多。蘇東坡一門三傑實在非常了不起，其實那二蘇也不及他才多，而這位絕頂天才也沒能把文學藝術的天分再遺傳給兒子。當代許多第一流的畫家，孩子們雖然都拿畫筆，卻都活在父親那巨大的陰影下。

收藏家們畢生心血所積聚的珍品，兒孫們對之不屑一顧的例子，就更多了。有位老先生說起少年時的經驗：父親珍愛古書畫，每到天氣清朗之時，就把書畫拿出來，叫兩個十來歲的兒子拿着竹畫叉，把畫叉着高高舉起來，讓他細細欣賞。小小人兒捧竹叉子，不能動，不能喊累，看完一件又一件，父親看的是畫，孩子看的是背面的裱畫紙，幾個小時下來，腰痠背疼，只想哭。

把畫留下給他們？都說：快快賣掉算了罷！

台灣《藝術家》雜誌　一九九六年

不倒翁

小時在鄉間，沒甚麼玩具。哥哥從武漢帶回一個不倒翁，胖胖的圓肚子，大紅袍，嘻嘻一張笑臉。放在桌子上，使勁把它的頭往旁邊按倒下去，一鬆手，它蹦又搖搖晃晃立起來了，玩得好開心。後來失手把它掃倒在地上，噗一聲只剩下幾塊破泥片，為此狠狠哭了一陣子。

歷史上最著名的不倒翁叫馮道。據説這位仁兄生性純厚好學，寫得一手好文章，而且事親至孝。五代十國時，政權不斷轉移，君主換了一個又一個，馮道卻任憑風起浪，穩坐釣魚船，安安樂樂做了二十多年丞相。由後梁、晉、唐、契丹、後漢到後周，無論誰坐上寶座，他照拜不誤。並為此沾沾自喜，自號「長樂老」，著書數百言，標榜自己的春風得意，高爵厚祿。

亂世之中，確實也無君可忠，無國可愛罷。但總是覺得此人無恥。

齊白石最愛畫不倒翁了。他筆下的不倒翁，身穿官袍，頭戴紗帽，執一把白紙扇，鼻樑上還貼一塊白藥膏，徹頭徹尾一個奸官。

齊白石畫不倒翁約有七八個版本之多，把這小丑的正面、側面和背面都畫了好幾次，題句往往也很諷刺：「不知此物，無處不有也。」他最著名的一首題不倒翁詩，是一九二二年作，在一九五一年的不倒翁畫上又再次引用：

烏紗白帽儼然官
不倒原來泥半團
將汝忽然來打破
通身何處有心肝

台灣《藝術家》雜誌　一九九五年

齊白石

《不倒翁》（私人藏）「借山老人白石」

此圖左下角鈐〔龐耐〕一印。龐耐女士（Alice Boney, 1901-1988）二十二歲在紐約開設了美國最早的一家經營中國藝術品的畫廊，此後穿梭於日本和美國之間，在日本搜求東方藝術品。她特別喜愛齊白石的繪畫，收藏的齊白石畫作極多，而且皆是精品。

借山老人白石

曾經擁有

獨自在台灣的一個旅館消磨寂寞的夜晚，客房裏有供客人閱讀的佛經，隨手翻翻，竟幾乎看了一個晚上。

所有宗教的理論，都在某一程度上能打動人心。誰沒有煩憂，「執着一切存在而累積憂慮」。做生意的，豈不常為生意操心，有股票房產的，也常常疲於奔命。更別說為兒為女，轉眼已勞累半生。

付出這樣多，只為擁有。

年前舊金山地震，朋友家中的明清瓷器，幾秒鐘內震得粉碎。他默然呆坐在瓦礫堆中，日已落，心更成灰。

也許並不是價值連城的器物罷，但二十年來一點一點的積累，心血的凝聚。那種在舊貨攤子裏突然撿獲心頭愛時的狂喜，那種欲買未買時的患得患失。閒暇時把它們一件一件捧在掌心，彷彿都有精靈在掌間躍動，迎着燈光，看那一點點青藍泛綻……愛得這樣深，失去得如斯突然而痛苦。

還有即將來臨的九七，香港的藏家們，紛紛要另覓安全都市，貯放珍物，心情與送家人移民一樣徬徨而急切。

執着於一點慾望，無限焦慮。

卻忘了生命其實短暫，乾隆皇帝何曾永遠享有清宮內的奇珍。

聽說那位以八千多萬美元購買梵谷畫作的日本老人，預備要把這幅世界最昂貴的名畫，作為他死時的陪葬品。

如果傳言屬實，我不認為他懂得藝術。他只是一個有錢的、自私而醜惡的老人。

台灣《藝術家》雜誌　一九九六年

清雍正鬥彩團花海石紋天球瓶
（香港佳士得拍賣行一九九七年《靜觀堂》專場圖錄第 882 號）

風流花一時

某種藝術風氣，會流行一時，漸漸又煙消雲散。某些人物，佔盡風騷，轉瞬間灰飛煙滅。花會謝，彩霞易散，一剎那的絢爛過後，不留痕跡。

誰不想在歷史上留下腳印？只可惜大江東去，大部份名字都被浪花淘盡。能代表一個時代、一種風尚的藝術家，不過寥寥數位，其他的，只像所有曾經活過又死去的張三李四，面目模糊，個性曖昧，無人記憶。

許多捧場文字，動輒把畫家捧為「大師」：山水大師、抽象大師、現代大師……「大師」這麼多，應是令人欣喜的藝術豐收的時代吧。但真正優秀的作品卻如此貧乏，反令人深感悲哀。

多少十餘年前名噪一時的畫家，現在已無人一顧，一些以鄉土趣味加老天真的熱門作品，如今亦乏人問津。雜誌捧場，畫廊造勢，都只是一時熱鬧。時間最冷酷無情，考驗着每一位畫家和他們的畫作，過濾沉澱之後，仍能晶晶發亮的，才算佔一席位。

懷才不遇嗎？現在已很少這樣的事了。每年大小拍賣會幾十次，畫廊多如牛毛，大家都爭相發掘畫家明星。有才華的早已被爭搶得炙手可熱，平庸的也往往被捧上場面。

但為甚麼翻開目錄，吸引人的仍只是張大千、齊白石、傅抱石、李可染？拍賣結果，也是他們遙遙領先？

實在沒有永遠的僥倖。不懂而亂買的人，有，但不多。要許多許多人，長期地，買得心甘情願，才算站住了腳。其他芸芸眾生，只是各式花朵，開過的或從不曾綻開過的，風流一過，無痕無夢，只有遺憾。

《明報》加拿大東岸版 一九九六年

殘荷 （攝影：蕭戈）

史可法絕筆書

明末清初，天地變色之際，其間多少可歌可泣的故事。有小時候讀歷史，聽到史可法殉揚州城，總是雙目流淚，心頭沸熱。有朝一日，也甘願拋頭顱、灑熱血，為國捐軀。誰知歲月荏苒，心態漸入中年。熱潮過後，心恍如陳年的彈簧，斷了的弦，熄滅的火，被冷風吹散了的輕煙。

最近卻又在一位台灣老先生的家，看見他收藏的一封史可法的絕筆書。那是清兵將破揚州城時，史可法寫給嫡母、庶母及妻子的最後書信。因為太難得，所以抄錄下來，大家分享：

太太、楊太太、夫人萬安。北兵於十八日圍揚城，至今尚未攻打。然人心已去，收拾不來。法早晚必死，不知夫人肯隨我去否。如此世界，生亦無益，不如早早決斷也。太太苦惱，須託四太爺、大爺、三哥大家照管。炤兒好歹隨他罷了。書至此肝腸寸斷矣。四月廿一日，法寄。

下面鈐着「大司馬」一個白文方印。

相傳史可法的母親懷孕時，夢見文天祥而生下史可法。古來的聖賢，都有這一類異想天開的傳奇，何必信以為實。如果真是文天祥轉世，也實在太可悲了吧，為國家死了一次又一次，即使碧血丹心，也救不了民，改變不了亡國的命運。這位愛國的精靈，倘若只在國亡家破、異族入侵時才顯靈，那麼還是請他好好安息罷，我們不想再經歷這種慘痛的歷史了。

台灣《藝術家》雜誌　一九九五年

突然開竅

小小的後院裏，種有一排竹子，稍比人高，秀長纖美一叢叢。間或夜半醒來，細細碎碎的聲音，下雨了。掀開簾子一看，一地白幽幽的月色——原來只是夜風搖動竹葉的清音，如雨霰微落，如點滴露荷輕濺水面。蘇東坡的詩句：

微風蕭蕭吹孤蒲
開門看雨月滿湖

可愛的錯覺，現在領略到了。詩句唸了二十年，突然活了起來，那境界原來這樣清晰，登時一陣狂喜。

一定試過這種突然開竅的感覺吧，真是快活的事。印象最深是剛開始學書法，要求「懸腕」，俗所謂「吊筆」，手腕不壓在桌子上。嘿，手僵如鐵，一筆一筆寫下去都是死的，越寫越恨。忽然，有一天，不知如何，手腕就在那一刹間活起來了，中鋒、偏鋒、方筆、圓筆，左右前後隨心所欲，忍不住喜歡得擲筆大叫——衝不破這一關，連執筆都不懂，談甚麼書法呢。

佛家的頓悟，大約也是相同的一回事。

其實已經在心中、意念中很久了，只等着一個誘因，一點刺激。牛頓的蘋果也是普通的蘋果，那顆天才的腦袋卻非得這麼碰一下不可，當頭棒喝，激出火花。

許多事情，只要用心，總是可以做到的。青少年時因種種原因，虛耗了許多時日，如今年紀一大把，卻急急的要把一分一秒都追回來。可以學的東西這樣多，五彩繽紛，趣味無限。

悠然漂浮於清洌的波浪中，一條歷史之河，藝術之河。

《明報》加拿大東岸版 一九九六年

鬼市

往北京或上海，別錯過鬼市，一個樂趣無窮的尋寶地。

在每個星期日的清早，天還沒亮，鬼市就開始了。幽幽的街道突然忙碌起來，一輛輛木頭車、小貨車，把各式古董運到這兒來，全擺在地攤上。綿綿延延好幾條街道，數千個攤檔子。路燈昏昏的，淡淡的月亮，冷峭的星。

尋寶的人拿着手電筒，颼颼地在貨品上刮過去。陶器、瓷器、木雕、銅器，各式好玩的小擺設。三十年代的美女月曆……假的居多，真品恐怕要碰運氣。

然後天漸漸的亮了，一種清灰。來湊熱鬧的人就更多了，一直熱鬧至午後。寶貝其實是沒有的，都是一些有趣的事物：冬天用來暖手的小錫手爐，雕着精緻的花紋，裏面可以放炭，擺在咖啡桌上，是別致的裝飾。紅木筆筒，木紋雅拙。有時還可以找到紫檀木造的蟋蟀籠，鏤花纏枝的紋樣。瓷器極多，大都有缺裂，完美的卻都是假貨。間或可以找到鍍金的小獸書鎮，精緻可愛。老祖母時代的蚊帳鈎、三寸金蓮繡花鞋與纏腳布。還有數不清的毛主席大頭襟章。

即使穿得樸素，人家還是很容易把遊客辨認出來，盯在後面不放，苦口婆心：「這兒沒有好東西啦！我帶你去別的地方，都是精品！」

才不敢去。若碰上壞人，要吃大虧，若碰上精品，會犯法。幾個人快快活活地在人堆中鑽着，忽然一陣烤番薯的清香，歡呼一聲，忙搶去買，燙山芋在雙手中翻來轉去，咬在口中，香，軟，滑，一頓美味的早餐。

《明報》加拿大東岸版　一九九六年

心手合一

初聽梅艷芳的歌，真是驚艷，多麼美麗的聲音，從靈魂深處，一絲絲抽出久埋的寥落，如黑夜的貓，在暗處自舔着身上纍纍的創傷，一雙眼珠子冷綠冷綠地發亮。如驕傲的鶴，形單影隻隱沒入杳杳的穹蒼。如春花乍開，如一陣流星雨……

從此深深迷上了她。開車子，漫長的公路上，她的聲音與我抵死纏綿。朦朧夜雨裏，蝶舞癡纏，剪不斷的客途秋恨。

真正能感動人的，是感情吧。

文學、藝術或音樂，沒有了感情，都只是殘軀，缺乏顏色與光彩。

常用的中國字，也不過那麼多。有人卻能把小小一篇文章，寫得情致動人。繪畫用的顏色，也只有若干種，有些畫家卻能令一個平平凡凡的題材，帶出震動人心的效果。

但奇怪，同一首歌，配上國語歌詞，由梅艷芳唱出來，卻遠不如粵語歌詞來得感人心弦，充滿神采。

這就是工夫技巧的訓練了。

能用中文寫出美麗文章的人，不一定能用英文表達出同樣的情意。反之亦然。

中國大陸曾訓練許多技巧出色的油畫家，能把人或物描繪得栩栩如生，細微至一根頭髮，一條小小的衣紋。但我們也希望畫中有感情，一種悠然，一點悲哀，一些歡欣。

或超然於物外的出塵姿態。

心手合一，方是妙品。

《明報》加拿大東岸版　一九九六年

拍賣場一槌定生死

每個畫家都想把自己的畫擠進拍賣行——當然是世界性的大拍賣行。近年小拍賣行多如雨後春筍，出名的畫家卻避之唯恐不及，沒名氣的畫家也不想參加，怕的是一進去便翻不了身，像新出牌子的衣服，一開始就送往紐約十四街的小雜店，此後一輩子與麥迪臣大道的名店無緣。黃花閨女，最怕遇人不淑。

但拍賣真是殘忍的事。花幾個月的工夫畫好一張畫，自覺心滿意足，無可挑剔（？），輾轉送往拍賣行，專家左看右看，令人捏着一把汗。好，終於入選了，於是拍照片、做目錄、發宣傳，天南地北運往各地展覽，如候選佳麗，一列排開讓大眾品頭論足。自然其中有識貨的，也有不識貨的，全部自認專家，批評入耳，往往令畫家搥心搗肺。

好不容易等到拍賣那天，偌大的大堂，人人手執目錄，正襟危坐，等待拍賣官喊價。賣家及拍賣行則祈禱耶穌、觀世音等諸天神佛，令買家頻頻舉手。生死之間，危若毫髮。

夠膽去目睹自己的作品被拍賣的畫家，恐怕不多。佳士得第一次拍中國油畫，陳逸飛早上還談笑自若，拍賣時間越逼近，臉色越蒼白，終於逃進咖啡室，拿熱咖啡杯子暖手暖心，等朋友來報佳音或判死狀。

吳冠中也參觀過一次拍賣。他說：「我是早就翻看過目錄，確定其中並無我的作品，才敢去參觀的。」艾軒就更妙了，拍賣前兩天便失蹤，電話、信件一概不理不聽。免緊張。

真殘忍，所有心血，一槌定生死。

台灣《藝術家》雜誌　一九九五年

藝術投資

賺錢的事當然是有的，十多年前，兩萬美元買來一隻商代銅塑野牛，年前在拍賣會上拍出三百多萬美金。五十年代兩百港元一張的齊白石，現在可值十多萬港幣。更別說梵高的畫價，可以一漲千倍了。

大家驚羡，口水流了一地。

但，如果只是為了賺錢，還是去買房子好了。六十年代香港一層八萬港元的樓宇，現在不是好幾百萬嗎？

我是做拍賣的，說這種話，簡直是砸自己的生意。

可是，如果你心裏沒有藝術，亂碰亂摸只為了錢，我勸你還是投資別的生意好。賺錢的方法很多，何必搞自己既無興趣又一竅不通的事。你以為上帝會給你寫保單，一定能賺的嗎？

藝術投資是：手頭上偶然得到一件東西，為了搞清楚它的來龍去脈，四處找書看，找人問，越弄越入迷。下次碰上了，又再添一兩件。閒時拿出來細細把玩欣賞，私心竊喜，愛不釋手……漸漸成了這一門的專家。十年二十年下來，藏品不少，留給子孫，忽然成了一個大寶藏。

絕對不是神話。廣東有位李啟嚴先生，青年時代就愛碑帖，真正的收藏是移居香港之後。解放初期，文物極便宜，碑帖尤其無人注意。他每天黃昏往摩羅街兜一圈，買上一兩件。前年紐約佳士得公司特別舉行「群玉齋藏品拍賣」，就是他的珍藏。他生前享受着收藏的樂趣，死後受到藝術界的尊敬，兒孫承受了金錢上的恩澤……有甚麼投資，能與藝術投資相比？

《明報》加拿大東岸版　一九九六年

恩怨

恩人變仇人，朋友反目，合夥人舉戈相向——一切以名或利為基礎的交易，大多有如此下場。

包括明星與製作人，歌星與唱片公司，還有畫家與畫商之間的恩怨。

太陽底下，從來沒有新鮮事。

當日，微時，畫擱至發霉。忽然跑來一個畫商，願意購買若干張，甚至有更大手筆的，替你辦移民，安置一家大小，每月付一個數目，簽約幾年。當時出國多麼艱難，生活何等清苦，一下子可以安頓下來，大喜若狂。

不料數年之後，世界變了，中國畫行情大漲。咦！當時一、兩千元賣出的畫，眼看人家一轉手賺了幾十倍，卻又合約纏身，動彈不得。這個奸商太厲害了。於是憤怒、不平，勞氣非常。

畫商卻認為，太可惡了，忘恩負義。當初付的是真金白銀，買賣雙方都心甘情願，還得冒着你一輩子紅不起來的風險，錢財隨時可能泡湯。而且做宣傳，出目錄，打廣告，費了多少功夫，怎麼一下子臉就變？

都有理，做人太難了。誰能未卜先知？誰願自己吃虧？

畫家與畫商關係最好的，大約只有梵谷和他的兄弟吧！那樣全心全意地愛護着他，支持着他。但，他們是親兄弟。

而親兄弟反目成仇的例子也多着呢！

只為了錢！

錢，沒有它，多痛苦。有了它，多煩惱！

台灣《藝術家》雜誌　一九九六年

人在江湖

都嘆身不由己，只為一點虛名。

拍賣場上出慣風頭的買家，偶而出手遲疑，人家就以為他「唔掂」了，如果缺席，更惹猜疑：是偷渡文物被抓起來了嗎？是身患惡疾將不久於人世？又或是債務纏身傾家蕩產？否則這種熱鬧場合，怎能少得了他……

不過是流言，兩三個圈子兜回來，變成繪影繪聲，實有其事。

梅艷芳唱的：「誰願獨立於天地痛了也讓人看？」卻不幸都得要在人前被仰望。

一定是充滿了成就感的吧，當四面掌聲響起，照相機閃光燈不絕的時候。

畫家們何嘗不痛苦，上次一幅畫賣出一百萬，這次即使賣七十萬也會有噓聲：看，不是倒下來了嗎？

還得與各路英雄比高下，絕對要比別人賣得好，才算有頭有臉，吐氣揚眉。

而早年功力較差時的舊作，一概不認。

連著名的資深畫家們，往往也跳不出這名利場，勘不破虛榮網。

靜下時，想一想：究竟拍賣這麼熱鬧，是推動了藝術，還是扼殺了藝術呢？

清妝美女價錢好，大家一窩蜂都去寫清妝美女。所謂個人的風格，特別的題材，都不敢去碰，甚至懶得去想。陳陳相因，豈是藝術。

凡是創作行業：拍電影、寫小說、繪畫，煩惱都是一樣的。「欲求再進如登天」，保持高峰，比一鳴驚人更令人苦惱。

呵，一點虛名。

《明報》加拿大東岸版　一九九六年

捉鬼鍾馗

台灣有位富商，最愛收藏以鍾馗為題材的繪畫，一幅一幅掛滿客廳，由明朝到近現代都有。而他自己，黑而醜，也真有點鍾馗的樣子。

喜歡收集鍾馗畫像的不只他一個。這題材的繪畫，賣出率相當高。是否疑心生暗鬼的人特別多，要請鍾馗進士來驅魔壓驚。

畫中的鍾馗都醜陋。但據明朝《逸史搜奇》的記載，他本是唐朝一個風流英俊、文武雙全的人物，不幸誤墮鬼窟，被群鬼作踐，一夜之間變得醜陋不堪，並因此被摒棄不能高中，羞憤自盡。他的好友杜平代為上書鳴冤，唐明皇於是追封他為「終南進士」，專司鎮祟驅邪，鍾馗感念杜平，以妹妻之，這就是「鍾馗嫁妹」的故事。

古今許多著名的畫家，幾乎都畫過鍾馗，最遠的據說可追溯到唐朝的吳道子。我個人所見的鍾馗也不下數十幅，因為是鬼，特別的生猛有趣。元代龔開的《中山出遊圖》，現藏華盛頓，鍾馗帶着妹子及大小群鬼遊山玩水。元代顏輝《鍾馗出獵圖》，紐約戴氏收藏，都是了不得的精品。

當代著名的畫家，誰沒畫過鍾馗呢。張大千的鍾馗是個斯斯文文的書生，其實是大千先生的自畫像。傅抱石的鍾馗是個黑臉孔、神情肅然的老翁，坐在竹轎子裏，竹杆上搖搖晃晃吊兩隻小鬼。齊白石的鍾馗穿着鮮艷大紅袍，手執白紙扇，三角眼，大鬍子，一副安閒自得的樣子。

目前為止，拍賣場上最貴的鍾馗是一個設色長卷《鍾馗出獵圖》，元代史杠作。在一九八九年拍出七十多萬美元。

《明報》加拿大東岸版　一九九六年

史杠（活躍於一二七零—一二九五）

《鍾馗出獵圖》卷（紐約佳士得拍賣行一九八九年六月《重要古畫》專場圖錄第五號）

史杠是元代畫家，字柔明，號橘齋道人，河北永清人，生卒年不詳。官至行省右丞。畫史上記載他工繪山水人物、花竹翎毛。這幅《鍾馗出獵圖》是他傳世最重要的作品。

陳逸飛的夢

甘國亮訪問陳逸飛，說起多舛的少年時代，在各種運動中受苦的母親，陳逸飛忍不住咽哽流淚，迫得一度中斷訪問。

陳逸飛多情，包括親情、友情與愛情。性格上有點上海人的圓滑，但器量頗大，樂於助人，為人爽快並有義氣。

他是目前油畫拍賣場上最熱門的畫家，動輒港幣一百多萬一張作品。但如果以為他只有商業上的價值，卻是非常錯誤的觀念。

十年磨一劍，陳逸飛磨畫筆豈只十年。他的特長不僅是寫實的技巧——擅長寫實的中國油畫家還有很多，陳逸飛最難得的是「鬆」，用筆敷色有從容、輕鬆、明快的感覺。他的筆觸如清風，如靈蛇，如水銀瀉地，如湖畔澄明的月色。

一種游刃有餘、談笑用兵的氣度。

而且他思想敏捷，別人看不到想不到的東西，一下子就被他抓住了。然後當大家都跟在他後面跑時，他立刻又轉往新的方向，進入更高的層次。

我特別喜歡他《海上舊夢》系列中的《黃金歲月》，圍坐着打麻將的富商與他的姬妾。陳逸飛懷念的不僅是古老的上海，更試圖追隨印象派大師們在生活瑣事中隨手俯拾的趣味，像塞尚《玩撲克的人》，梵高《吃馬鈴薯的家庭》。

《黃金歲月》是陳逸飛的野心之作，在複雜的構圖中顯示從容駕御的能力。三十年代舊上海的夢，沒有完，借幽幽色相，在畫布上說悠悠故事。

《明報》加拿大東岸版 一九九六年

山地風

不招人妒是庸才。

陳逸飛自從以《潯陽遺韻》一鳴驚人，成為中國油畫家的明星，兩年來，自己也成了一隻刺蝟，被射得掛滿一身箭翎。

說他的畫只是漂亮照片，說他四出交際，拍賣高價只是拉攏的結果……等等。

多事的人有些因為嫉妒，有些是要表示自己深知內幕消息，有些人，卻只為閒得慌。

現在這幅《山地風》一出，全世界說閒話的人統統要閉上尊嘴。

我昨天在他上海的畫室裏看到這幅巨構，驚詫得說不出話來。許多油畫家都描繪過西藏風情，但這樣渾厚、這樣典麗、這樣雄偉的卻非常非常罕有。

遠遠超過陳逸飛自己的《夜宴》、超過上兩次拍賣的《玉堂春暖》與《待月西廂》。

這才是真正的陳逸飛，才氣橫溢，顧盼自豪，在宏大的結構中，把油彩的渾厚華滋，發揮得淋漓盡致。

要說閒話，我是唯一可以多事的人。因為他沒有把這幅精心之作交給我拍賣，卻送去北京的嘉德，一家今年初在中國成立的私人拍賣行。我當然非常失望。

但我理解並支持他的決定。在國外揚名多年，是應該讓國內的批評家們，有機會再睹他的丰采與實力的時候了。海外的油畫愛好者，也必會為這幅作品喝彩。

《山地風》，陳逸飛可以引以為傲的經典之作！

《明報》加拿大東岸版 一九九六年

陳逸飛（一九四六—二零零五）

《山地風》（上海龍美術館藏）

陳逸飛從小就有個電影夢，在光影和色彩中訴説人世間的悲喜。這個夢想到他生命的晚期才得以完成，但他一直把電影的理念放進他的繪畫裏。他油畫裏的構圖、造型和採光，無一不是鏡頭下的視角。他畫如其名，飄逸飛揚，靈活多變，卻又豪朗深情。

懷斯一門多傑

說起艾軒，焉能不提及安德魯．懷斯。中國當代油畫家深受懷斯影響的，也不只一個艾軒。

若你往紐約大都會現代美術館，試找找懷斯的《克利絲汀娜的世界》。那個殘廢的女孩，在蒼莽荒冷的草地上，匍匐着要爬回自己的家。家，是一座小小農舍，兀立在草原的盡頭，遙遠的天際。一種徒勞的掙扎，絕望的夢，如烙鐵般痛炙人。

懷斯十九歲舉辦第一次個展，立刻名震藝壇。此後數十年，連獲甘迺迪總統獎，法國、蘇聯及英國皇家藝術學院等頒贈最高的榮譽。可說是廿世紀下半葉，美國最重要的畫家之一。

他把水彩運用得出神入化，蛋彩技法更是拿手絕活：用蒸餾水、蛋黃及油彩混合成顏料，以小號水彩筆，在畫布上敷佈形象。如一隻目光尖利的隼鷹，他在自然景觀中挑取目的物，重新放大、縮小、排列組合。在技巧上，他極度寫實，在觀念上，他極度抽離。得出的結果，卻往往震撼人心。

安德魯．懷斯的父親和兒子，都是出色的畫家，他還有三個能繪畫的姊姊。但安德魯這棵樹太高太大了，於是姓懷斯的畫家之家，大家最知道的也就是這個懷斯。

有多少中國畫家追蹤着懷斯的風采？隨便一數：艾軒、何多苓、姚遠、龍力游、早期的羅中立……懷斯也許不知道，他的樹枝伸至遙遠的中國，並結出纍纍的果子。

台灣《藝術家》雜誌　一九九五年

常玉

喜歡常玉的畫，多麼聰明靈黠。有良好技巧的畫家很多，有時就只靠一點靈秀之氣，分別出高下。

常玉與林風眠同年，出生於一九零零年，也與林風眠同年往法國學習繪畫，那是一九二零年。當時正是法國藝術的黃金時期，塞尚雖已去世，但他的藝術在巴黎引起一片溫熱，莫奈如日中天，馬蒂斯也在巴黎，而剛去世的莫迪里安尼魅力仍在。這兩位中國小子何其幸運，得以沐浴在印象派與新印象派的陽光下，沾滿一身七色的彩虹。

近年蘇富比多次在台灣拍賣常玉的畫作，幾乎每張都好。構圖那麼簡單，卻不平凡，在兩度空間裏玩着顏色與圖案的遊戲。

那幅《小黃豹》，在墨綠色的穹蒼，曖昧的幽幽天地裏，枯骨般灰白的枝椏上，匍匐着鮮黃色滿身黑斑的小黃豹。夢樣的荒唐，卻清新寧靜。常玉的畫從不令人顫驚。一種妥帖的溫柔，如矜才使氣的才子，在細微處讓你領略他與眾不同的靈巧，傾倒於他的風采。

十月份蘇富比在台灣的拍賣，又有三幅常玉。其中一幅其實只是極簡單的瓶花，綠葉子，粉紅的花朵，文秀地在米黃的底色裏，就令人舒服。另一幅「貓與雀」，又在玩聰明荒唐的遊戲。古老的花盆上，竟植着高瘦的枯樹，樹頂還有個鳥巢，母雀在餵飼巢裏的小雛兒。花貓攀在花盆上，伸長了脖子，正垂涎着要把小雛作午餐。

無邊的想像，狡黠靈慧，都歸結在顏色與造型裏。中國油畫家中，就只有一個常玉。

《明報》加拿大東岸版　一九九六年

常玉（一九零零—一九六六）

《抱膝裸女》（華藝國際（北京）拍賣行二零二零年十月，拍賣圖錄八二零三號）

常玉出生於四川一個富商家庭，早年入讀四川美術學校。一九一九年留學日本，一九二零年以勤工儉學到巴黎，成為中國最早期一批留法學生之一。但他個性灑脱自由，不耐保守的教育，卻從畫壇和畫廊中去觸摸法國現代繪畫的脈絡。及後家中遭變，變得一貧如洗，生活逐漸艱難。他的作品雖不時在巴黎的沙龍美展和各大畫廊中展出，但未能真正成名。一九六六年在巴黎去世。

常玉能夠以新的視角去觀察世界，不抽象，卻超越了物象。他的作品造型極簡，顏色純粹明淨，簡抹平塗，造成唯美的視覺效果。他描寫靜物和動物，完全是純真的夢幻式的抒情。女體則是豐腴而成熟的，她們是哺育人類的母親，寬厚、平和，秉受了上天賦予的天然性感。

常玉的畫作近年極受畫評家推崇和收藏家的青睞，而這，也是他早就應該得到的。

SANYU

預言家

我是極端痛恨文抄公的。但下面這一段話，使我感動極深，引發的思考極多，而看過的人恐怕是很少的。我覺得應該把這段話轉告給每一個關心中國繪畫藝術的人，所以只好抄一次。作者叫吉村貞司（一九零八—一九八六），是日本美術評論家。他說：

我在為今天美的衰退深深憂慮着。如果僅從現象上看來的話，與「美」有關的人口，如此膨大，恐怕沒有一個時代超過現在吧！但是實質上的衰落，卻是顯然的。現在被稱為第一流的藝術家，若從歷史的眼光來看，他們的作品與前一世紀第一流藝術家的作品比起來，實在是相形見絀的。且不說他們並沒有形成甚麼新的風格，就是在保守傳統的寫實作風上也軟弱無力。這一點，更意味着西洋美術的萎縮。日本畫把線條完全忘掉了，只是一味地塗抹顏色，結果使畫面變得僵硬。這種技法的劣拙使得日本畫雖然經過一百多年的歷史，還未產生過世界性的名家。中國畫目下的情況也差不多。期待真正的、能引起我們注意的人才出現，已曠日彌久。我感到遺憾，中國繪畫已把曾經睥睨世界的偉大地方丟掉了……。

回顧過去一百年的中國繪畫，我鬆一口氣，情況並不如吉村貞司所說的那麼壞。我們可以數得出來的畫家也很多呀！譬如黃賓虹、張大千、齊白石、傅抱石、林風眠……他們都是中國近百年繪畫史上佔有地位的人物。然而，還未成為歷史的，活着的畫家們，有沒有可以和上述幾位相比，而不致相形見絀的呢？

我於是極度害怕而憂慮。這個吉村貞司，恐怕是中國繪畫的預言家。

《藝術家》雜誌　一九九五年

天地
www.cosmosbooks.com.hk

書　　名　羅生門外竹藪中
作　　者　林琵琶
責任編輯　宋寶欣
美術編輯　楊曉林
出　　版　天地圖書有限公司
香港黃竹坑道46號
新興工業大廈11樓（總寫字樓）
電話：2528 3671　傳真：2865 2609
香港灣仔莊士敦道30號地庫（門市部）
電話：2865 0708　傳真：2861 1541
印　　刷　美雅印刷製本有限公司
香港九龍官塘榮業街 6 號海濱工業大廈4字樓A室
電話：2342 0109　傳真：2790 3614
發　　行　香港聯合書刊物流有限公司
香港新界荃灣德士古道220-248號荃灣工業中心16樓
電話：2150 2100　傳真：2407 3062
出版日期　2021年1月／初版

（版權所有．翻印必究）
©COSMOS BOOKS LTD. 2021
ISBN ： 978-988-8549-40-5